Herzfieber

*Saskia Mont*

# *Liebe kopfüber*

Loewe

**Bibliografische Information Der Deutschen Bibliothek**
Die Deutsche Bibliothek verzeichnet diese Publikation in der Deutschen Nationalbibliografie; detaillierte bibliografische Daten sind im Internet über *http://dnb.ddb.de* abrufbar.

*Der Umwelt zuliebe ist dieses Buch auf chlorfrei gebleichtem Papier gedruckt.*

ISBN 3-7855-4835-4 – 1. Auflage 2003

Lizenzausgabe für Loewe Verlag GmbH, Bindlach
Titel der Originalausgabe: *Verliebt in ein Männer-Model*

Titelfoto: Joe McBride, Getty Images
Umschlaggestaltung: Andreas Henze
Gesamtherstellung: GGP Media, Pößneck
Printed in Germany

*www.loewe-verlag.de*

# 1. Kapitel

„Jaaa, gut. Bleib so, Robby. Und jetzt leg den Arm um Sigi. Jaaa. Super!" Charly Hanke schoss noch ein paar Fotos und nickte Robert und Sigrid anerkennend zu. „Das war's. Ach, übrigens, du sollst runter zu Ruth gehen", wandte er sich an Robert, dessen Lächeln gleichzeitig mit den Scheinwerfern erloschen war. „Ich glaube, sie hat einen neuen Job für dich."

„Danke, Charly", presste Robert Dauvermann zwischen den Zähnen hervor. Er nahm sich nicht einmal die Zeit, sich vorher umzuziehen, sondern rannte im Eiltempo ein Stockwerk tiefer. Er klopfte an eine der vielen Türen und trat ein. Ruth Hanisch, die Besitzerin der Werbeagentur, telefonierte gerade, dennoch lächelte sie ihm freundlich zu und winkte ihn näher. Mit einer einladenden Handbewegung forderte sie ihn auf, sich zu setzen. Nur widerstrebend nahm Robert Platz. Gleichzeitig schielte er zu der großen Wanduhr, deren Zeiger unerbittlich weiterrückten. Es war schon ziemlich spät. Zu spät, um noch ins Krankenhaus zu gehen. Ruth Hanisch beendete ihr Gespräch und legte den Hörer auf. Sekundenlang schaute sie nachdenklich auf ihren Terminkalender. Als sie Robert ansah, wurde ihr Lächeln wieder etwas intensiver.

„Ist oben alles okay?“, fragte sie mit ihrer rauchigen Stimme, die im krassen Gegensatz zu ihrem Äußeren stand.

„Alles bestens“, versicherte Robert. „Charly sagt, du wolltest mich sprechen?“

„Ja. Ich hätte da was für dich, aber du müsstest dazu an zwei Vormittagen in der kommenden Woche arbeiten. Die Gage ist verdammt gut“, hob sie die Stimme, als Robert protestieren wollte. „Und was noch wichtiger ist, du könntest dadurch eine Menge Folgeaufträge bekommen.“

Robert stieß hörbar den Atem aus. „Und wie soll ich morgens arbeiten? Ich muss zur Schule. Du weißt selbst, wie wichtig dieses Jahr für mich ist. Wenn ich es versiebe ...“

„Das weiß ich, und dennoch solltest du es versuchen. Herrgott, zwei Tage. Das muss doch machbar sein.“

Robert versank in dumpfes Brüten. „Und wann soll das sein?“, brummte er schließlich.

„Entweder Mittwoch und Donnerstag oder Donnerstag und Freitag. Wir fangen aber schon um zehn an.“

„Donnerstag und Freitag wäre für mich günstiger“, überlegte Robert laut. „Dann versäume ich kein Fach, das für mich wichtig ist.“

Ruth lächelte zufrieden und schob ihm ein Blatt zu. „Lies dir den Vertrag durch, und wenn du nichts einzuwenden hast, dann unterschreib ihn bitte. Ich rufe dann nachher bei Bert Fürbringer an und sage ihm Bescheid.“

Während sich Robert über den Vertrag beugte, veränderte sich seine Miene drastisch. Als er wieder aufschaute, musste er sich räuspern. „Die ... die Summe stimmt echt?“

„Und ob, mein Lieber. Verstehst du jetzt, weshalb ich unbedingt wollte, dass du annimmst?“

„Ich kann die Knete gebrauchen“, seufzte Robert und biss sich auf die Lippen. „Mutsch geht es verdammt schlecht.“

„Ich hab davon gehört“, murmelte Ruth bedrückt. „Du, es tut mir so Leid. Erst diese verdammte Sache mit deinem Vater, und jetzt das.“

Robert lächelte traurig. „Manchmal denke ich auch, Mutsch und ich, wir haben das Unglück für uns gepachtet.“

Missbilligend zog Ruth die schön geschwungenen Augenbrauen hoch. „Nun sag doch nicht so was, Robby. Es wird auch wieder besser. Nach meiner Scheidung damals bin ich auch in ein ganz tiefes Loch gefallen.“ Sie machte eine weit ausholende Handbewegung. „Und sieh dich um. Ich hab's geschafft. Ich kann dir versichern, es waren harte Jahre, aber sie haben sich gelohnt. Heute würde ich um nichts in der Welt tauschen. Und deine Mutter wird es auch schaffen. Da bin ich sicher.“

Robert kritzelte seinen Namen unter den Vertrag und stand auf. „Im Moment sieht es überhaupt nicht danach aus, als würden wir irgendetwas schaffen. Das Geschäft macht nur Ärger und steckt tief in den roten Zahlen und jetzt auch noch die Krankheit. Ich wünschte, meine Mutter hätte Vaters Angebot bei der Scheidung angenommen.“

Ruth lachte rau. „Du, in diesem Punkt kann ich sie nur zu gut verstehen. Ich hätte von Dirk auch keinen Pfennig gewollt. Der einzige Unterschied ist, dass deine Mutter nicht allein war, so wie ich. Wenn ich ein Kind gehabt hätte ... aber lassen wir das. Ich finde, ihre Entscheidung war richtig, und ihr zwei werdet es auch ohne deinen Vater schaffen. Was ich noch sagen wollte, das Honorar für den Schumann-Auftrag hab ich dir schon gestern überwiesen.“

Robert lächelte sie wieder sanft an, und unwillkürlich musste Ruth ebenfalls lächeln. Dieser Junge hatte etwas an sich ... Kein Wunder, dass sich die meisten ihrer Auftraggeber förmlich um ihn rissen. Er verkörperte den Traumboy schlechthin, groß, blond, mit Augen, die so blau waren wie das Meer. Und dann dieses Lächeln ... Eine Schande, dass er nicht so leben konnte wie die meisten Jungs in seinem Alter. Als sie an Roberts Vater dachte, erlosch das Lächeln. Wegen eines ihrer Models hatte er seine Familie im Stich gelassen. Es war eine schmutzige Scheidung gewesen, bei der Marlene, Roberts Mutter und ihre beste Freundin, auf alles verzichtet hatte.

„Liegt vorher noch was an?“, riss Robert sie aus den Erinnerungen.

„Was sagst du?“

„Ob noch was anliegt vor Donnerstag.“

Ruth nickte nachdenklich und schaute wieder auf ihre Terminplanung. „Du könntest am Dienstag kommen, so gegen fünf. Hundert Euro sind für dich drin.“

Robert lächelte zufrieden. „Gern. Ciao, Ruth. Und danke für alles.“ In Gedanken versunken, spurtete er wieder nach oben und verschwand sofort in den Garderoben. Rasch entledigte er sich der Klamotten, die er bei der Fotosession getragen hatte, und schlüpfte in seine eigenen. Erst als er sein Sweatshirt überstreifte, fiel ihm auf, dass er noch nicht abgeschminkt war. Seufzend ging er nach nebenan in das Bad, das gleichzeitig als Schminkraum diente. Duschen würde er später zu Hause. Im Moment reichte es, wenn er sich diese dämliche Farbe, die er so hasste, aus dem Gesicht wusch.

Auf dem Heimweg wurde ihm bewusst, dass er seit dem frühen Morgen nichts mehr gegessen hatte. Rasch ging er zu Burger King. Obwohl er Fastfood nicht besonders mochte, bestellte er sich einen Mega-Burger und hockte sich in die äußerste Ecke.

„Dieser Typ ist so hochnäsig wie er lang ist“, kommentierte Stefanie, als Robert an ihr und Andrea vorbeischoss, ohne sie eines Blickes zu würdigen. Als Andrea Wenzel nicht antwortete, stieß Stefanie sie in die Seite. „Hat es dir die Sprache verschlagen?“, lästerte sie angriffslustig.

Andrea seufzte und atmete ganz tief ein. „Blödsinn. Was du immer hast.“

Stefanie kicherte. „Ich weiß doch, dass er der Traum deiner schlaflosen Mittagspause ist. Wozu es abstreiten? Im Grunde genommen ist ja auch nichts dabei. Er sieht echt super aus.“

„Ja, aber das ist leider auch schon alles.“ Andrea schlürfte an ihrem Strohhalm, wahrend ihre Augen nachdenklich auf Robert ruhten, der ihre Blicke allerdings nicht bemerkte. Und das war nichts Besonderes, denn Robert merkte grundsätzlich nie etwas. Nicht einmal, dass in der Schule mindestens die Hälfte der Mädchen verrückt nach ihm waren, und auch nicht, dass in Insiderkreisen eine Menge Wetten liefen. Die blonde Silke aus seiner Jahrgangsstufe hatte sogar um fünfzig Euro gewettet, dass sie in den nächsten Wochen einmal mit ihm ausgehen würde. Andrea hatte es nur durch einen Zufall mitbekommen, aber seither war Silke ihre erklärte Lieblingsfeindin.

„Geh doch mal zum Klo, und dabei stolperst du ganz zufällig über seine Latschen. Na? Wie klingt das?“

Andrea maß die Freundin mit einem geringschätzigen Blick. „Dämlich, mehr noch, richtig doof. Hast du keine besseren Ideen?“

„Doch“, versicherte Stefanie eifrig. „Du könntest ohnmächtig werden. Vielleicht macht er Mund-zu-Mund-Beatmung.“

„Sehr witzig“, knurrte Andrea. „Ich lache morgen.“

„Mensch, Andy, irgendetwas muss aber doch nun mal passieren. Du bist total von der Rolle, seit du dich in Mister Obertoll verknallt hast. Die anderen wundern sich auch schon, dass du nur noch bei Burger King rumhängst.“

„Und jetzt weißt du ja auch weshalb. Er kommt abends manchmal her.“

„Aber er bemerkt dich nicht. Und wenn du selbst nicht bald die Initiative ergreifst, bist du am Ende des Monats rund wie eine Tonne. Das ganze Zeugs hier ... Echt widerlich. Und dann die ewige Cola. Früher mochtest du doch keine."

„Was soll ich denn sonst tun?", jammerte Andrea. „In der Penne übersieht er mich doch glatt. Und ausgehen tut er nicht. Jedenfalls hab ich ihn außer hier noch nirgendwo gesehen."

Stefanie dachte nach, während sie unauffällig zu Robert hinschielte. Kein Wunder, dass Andrea derart auf ihn abfuhr. Er sah schon fast zu gut aus. Und außerdem war er haargenau Andreas Typ. Sie war auch nicht gerade klein und hatte wegen ihrer Größe oft Schwierigkeiten mit den Jungs, die sie fast alle überragte. Und auch sonst. Andy war dunkelhaarig. Robby schon fast strohblond. Rein äußerlich hätten sie toll zueinander gepasst. Das Dumme war nur: Robert schien sich für kein Mädchen zu interessieren. Gleich nach dem Unterricht sprang er auf seine Vespa und düste von dannen. Wo er sich nachmittags und abends aufhielt, wusste keiner.

„Was ist eigentlich mit Tobias?", dachte Stefanie laut nach. „Er ist doch auch sehr nett."

Andrea schnitt eine Grimasse. „Er ist zu nett, meine Liebe. Ich kann es nicht ab, wenn mir ein Typ ständig an die Wäsche will."

„Tobias? Oh!", entfuhr es Stefanie.

„Es ist so. Und deshalb hab ich ihn auch in die Wüste geschickt. Wenn ich mit einem Typ schlafe, dann nur, wenn ich es will. Verstehst du?"

„Schon gut, reg dich nicht auf. Ich hatte ja keine Ahnung, dass er derart ..."

„Wir brauchen nicht mehr über ihn zu reden. Für mich ist er Schnee von gestern. Er geht."

„Wer?", fragte Stefanie, die Robert für einen Moment vergessen hatte, erstaunt. Aber da kam er auch schon an ihrem Tisch vorbei, lächelte kurz und ging weiter zum Ausgang.

„Er ... er hat uns angelächelt", hauchte Andrea fassungslos.

„Der Abend ist gerettet", konterte Stefanie trocken und sprang ebenfalls auf. „Los, komm! Wir gehen ihm nach. Mir scheint, er ist mal ausnahmsweise zu Fuß."

Andrea blinzelte noch ein paarmal entrückt und erhob sich dann ebenfalls. Rasch nahmen die beiden Freundinnen die Verfolgung auf. Da Robert nicht nur sehr groß, sondern auch so blond war, war es nicht sonderlich schwierig, ihn im Auge zu behalten. Schon bald stellten Andrea und Stefanie enttäuscht fest, dass er geradewegs nach Hause stiefelte.

„So ein Mist aber auch", machte Andrea ihrem Herzen Luft. „Wetten, dass er sich jetzt wieder in den eigenen vier Wänden verkriecht?"

„Da ich deiner Meinung bin, kann ich nicht wetten", schimpfte Stefanie. Rasch hielt sie die Freundin am Arm zurück. Gemeinsam beobachteten sie, wie Robert nach seinem Hausschlüssel kramte, ihn endlich fand und ins Haus ging.

„Das war's dann also", stieß Stefanie ärgerlich hervor. „Und was tun wir jetzt?"

„Ich weiß nicht. Ich glaube, ich gehe auch heim. Ich muss noch Mathe machen, und das Politikreferat sollte ich mir auch endlich mal zur Brust nehmen."

„Das ist doch langweilig", maulte Stefanie. „Ich gehe noch mal in den Malkasten. Vielleicht treffe ich Mark."

„Tu, was du nicht lassen kannst. Wir sehen uns dann, ja?"

„Ciao, mach's gut. Und träum bloß nicht wieder von unserem Schönling."

Mit gesenktem Kopf trottete Andrea weiter, in Richtung nach Hause. Träumen, das war alles, was sie im Moment tun konnte. Wie oft lag sie abends in ihrem Bett und dachte an Robby, der weiter von ihr entfernt war als der Mond. Dabei ging er in dieselbe Schule wie sie, und doch hatten sie bisher höchstens zehn Worte miteinander gewechselt. Robert war immer sehr wortkarg, fast schon schweigsam. Der Einzige, der mit ihm in engerem Kontakt stand, war Paul Hanenberg, auch eine seltsame Type. Er war von allen in der Oberstufe der Ausgeflippteste, und doch hatte er weder andere Freunde noch eine Freundin. Schon oft hatten er und Robby Anlass zu wüsten Spekulationen gegeben. Ihr Ex-Lover Tobias hatte die beiden sogar mal bezichtigt, schwul zu sein, aber das glaubte sie nun doch nicht. Nicht die beiden. Und dann hatte sie Paul ja auch mal getroffen. Im *4 you* war das gewesen. Paul hatte mit einem verdammt gut aussehenden Mädchen getanzt. Und nicht nur das. Die beiden hatten so heftig geknutscht, dass der DJ ein paar Bemerkungen gemacht hatte. Nein, schwul waren sie nicht. Nie und nimmer, aber irgendetwas war mit Robby anders als mit den anderen Jungs in der Schule. Stefanie hatte sogar mal behauptet, dass sie, Andrea, nur deshalb so scharf auf Robby war, weil die Neugier sie plagte, aber das stimmte nicht. Sie mochte Robby, mehr noch, sie hatte sich Hals über Kopf in ihn verliebt, und nicht nur, weil er so toll aussah, sondern weil er immer so still und nachdenklich, irgendwie traurig wirkte. Aufreißertypen, Großkotze wie Tobias, mochte sie nicht so besonders. Die waren ihr zu albern. Obwohl sie ein paarmal mit Tobias ausgegangen war, hatten sie sich nie ernsthaft miteinander unterhalten. Worüber auch? Tobias kannte nur zwei Themen, die ihn brennend interessierten: Das eine waren Mädchen und das andere sein Mofa, das er hegte und pflegte. Ein Mädchen war sie selbst, und für Mofas konnte sie sich nicht begeistern. Wozu auch? Es gab genug andere Verkehrsmittel, und außerdem benötigte sie nur selten eins, weil sie mitten in der Stadt wohnte. Sowohl die Schule als auch ihre Lieblingspinten konnte sie gut zu Fuß erreichen. Andrea war so sehr in Gedanken vertieft, dass sie erschrocken zusammenzuckte, als Jens, ein Nachbar, sie ansprach.

„Mann! Musst du mich so erschrecken?“, fuhr sie ihn unwirsch an.

„Sorry, das wollte ich nicht. Mensch, Andy, wo bist du denn mit deinen Gedanken?“

Um ein Haar hätte sie „bei Robby“ gesagt, aber zum Glück beherrschte sie sich im letzten Moment. Dass sie in ihn verliebt war, ging außer Stefanie keinen was an. „Ich ... ich muss noch pauken“, griff sie zur Notlüge.

„Das hab ich schon hinter mir. Willst du nicht mitkommen?“

„Wohin?“

„Ich wollte ins Kino. Im City 2 läuft ...“

„Verschone mich“, fiel sie ihm ins Wort. „Ich geb doch keine fünf Euro aus für Filme, die ich eh bald im Fernsehen sehen kann.“

„Diesen aber nicht. Ich bin sicher ...“

„Jens, bitte. Ich steh nicht auf Kino.“

„Wir könnten doch auch noch was trinken. Ich kenne da eine ...“

„Ich komm gerade von Burger King“, unterbrach sie ihn erneut. „Mach’s gut. Ich muss mich beeilen.“ Ohne seine Erwiderung abzuwarten, schob sie sich an ihm vorbei bis zum nächsten Haus. Da sie nur selten einen Schlüssel bekam, schellte sie wie gewohnt. Einmal kurz, zweimal lang.

„Wie geht es meiner Mutter?“, fragte Robert am Telefon.

„Relativ gut. Auf die neue Behandlung spricht sie endlich an. Sie schläft jetzt. Wollten Sie noch herkommen?“

„Ich weiß nicht“, brummte Robert. „Ist es denn nicht schon zu spät?“

„Eigentlich schon, aber in Ihrem Fall ..."

„Gut, dann bin ich in einer Viertelstunde da." Robert legte auf und rannte ins Bad. Sorgfältig wusch er sich die Hände. Als er aufschaute, lächelte er sein Spiegelbild traurig an. Mit einer Hand fuhr er sich durchs Haar. Wieder einmal war er sehr zufrieden, dass er seiner Mutter glich und nicht dem Vater, denn auf den war er immer schlechter zu sprechen. „Wolfgang Dauvermann, du Schuft", murmelte er leise. „Eines Tages zahle ich dir alles heim. Verlass dich darauf." Rasch löschte er das Licht und verließ die Wohnung. Zehn Minuten später parkte er die Vespa vor dem Krankenhaus, zog den Helm ab und lief mit großen Schritten zum Haupteingang. Der Pförtner kannte ihn inzwischen schon und hob grüßend die Hand. Robert lief zu den Aufzügen. Ungeduldig wartete er, bis sich die Türen der Kabine öffneten. Um diese Zeit war nicht mehr viel los, sodass er ganz allein ins oberste Stockwerk fuhr. Wie üblich klingelte er an der Tür, die ihm wenig später geöffnet wurde.

„Kommen Sie, Robert", begrüßte ihn Schwester Ingrid, mit der er eben gesprochen hatte. „Ihre Mutter ist gerade aufgewacht. Das nennt man Glück, nicht wahr?"

„Ja, Schwester", stimmte er ihr bitter zu. Dann ergriff er die zarte Hand seiner Mutter und zog sie zärtlich an sich.

Langsam huschten seine Augen über das bleiche Gesicht und blieben sekundenlang an dem strähnig wirkenden blonden Haar hängen. In den drei Wochen, die seine Mutter jetzt schon hier lag, hatte sie sich erschreckend verändert. Vaters Schuld, dachte er wütend, während er sich zu einem Lächeln zwang. „Hi, Mutsch. Alles klar?"

Marlene Dauvermann lächelte leicht. „Ja, Robby. Wie geht es bei dir?"

„Bestens. Ruth hat mir einige gute Aufträge zugeschustert. Sie ist ein Schatz."

„Ja, das ist sie wirklich."

„Wie geht es dir, Mutsch?", drängte er, als ihr Blick an ihm vorbei in die Ferne ging. „Schwester Ingrid sagt, die neue Behandlung scheint zu wirken."

„Ja. Ich hab den ganzen Tag geschlafen. Und jetzt bin ich wieder so müde. Aber ich fühle mich besser. Bloß wenn ich an das Geschäft denke ..."

„Daran sollst du gar nicht denken. Renate hat mir gestern am Telefon gesagt, dass sie alles im Griff hat, und das glaube ich ihr."

„Ja, sie ... sie ist eine gute Geschäftsfrau", murmelte Marlene Dauvermann müde. „Und wie geht es in der Schule?"

„Auch bestens. Du brauchst bloß noch schnell gesund zu werden, dann ist alles in schönster Ordnung. Ruth hat mir erzählt, dass sie mich an eine andere Agentur vermitteln könnte. Die suchen Dressmen. Das wäre doch was für mich." Robert spürte, wie seine Mutter zusammenzuckte. „Aber Mutsch. Das ist doch nichts Schlimmes. Wenn ich ehrlich bin, macht es mir sogar Spaß. Ich hab noch nie eine Modenschau gemacht. Vielleicht werde ich dadurch sogar mal berühmt. Die Gage einer Claudia Schiffer wäre doch nicht zu verachten, oder? Du bräuchtest nicht mehr zu arbeiten, und studieren kann ich auch noch später."

„Ich ... ich hab ein verdammt schlechtes Gewissen, Sohn", begann Marlene Dauvermann leise. „Während ich hier liege, musst du nebenbei noch arbeiten. Die Schule ist schon schwer genug, und jetzt auch noch das."

„Mutsch, nun hör aber auf", winkte Robert ab. „Ich hab schon mit zwei Jahren gearbeitet." Das letzte Wort betonte er lachend. „Ein paar Fotos sind doch keine Arbeit. Es macht Spaß, und es bringt gutes Geld. Geld, das wir beide dringend brauchen."

„Ich bin die Mutter, und ich müsste dafür sorgen, dass wir ...“

„Still, Frau Dauvermann, sonst gibt es Ärger“, scherzte er. „Ich finde es toll, dass du von ihm kein Geld angenommen hast. Wir brauchen ihn nicht. Wir zwei schaffen es auch ohne ihn. Und wenn du wieder gesund bist, fahren wir ein paar Tage weg, und danach stürzen wir uns wieder in die Arbeit, aber diesmal bist du braver und schuftest nicht wieder, bis du umfällst.“

„Ich war ziemlich dumm“, gab Marlene Dauvermann kleinlaut zu. „Hätte ich bloß auf dich gehört.“

„Genau, wenn du rauskommst, hörst du nur noch auf mich“, alberte Robert.

# 2. Kapitel

„Eine Fünf“, stöhnte Andrea. „Ich verstehe das nicht.“

„Aber ich versteh's“, erklärte Stefanie. „Du bist ständig geistesabwesend. Wahrscheinlich hast du bei der Arbeit auch wieder von Robby geträumt. Kein Wunder, dass du sie in den Sand gesetzt hast.“

„Hab ich nicht“, fauchte Andrea zurück. „Ich war so sicher, dass ich alles richtig habe.“

„Das sieht man.“

„Ist was?“, mischte sich Jens, der unbemerkt zu Andrea und Stefanie getreten war, ein.

„Das kann man wohl sagen“, knurrte Stefanie. „Andy hat Englisch versiebt.“

„Ja, leider“, bestätigte Andrea. „Die Wolters kann mich nicht leiden. So schlimm waren die Fehler nämlich gar nicht.“

„Lass mal sehen“, bat Jens. „In Englisch stehe ich auf Eins.“ Andrea reichte ihm das Heft, in das er sich auch sofort vertiefte. „Wenn ich du wäre, würde ich mal mit ihr reden“, riet er ihr. „Schau doch mal. Das hier sind Wiederholungsfehler, die darf sie dir nur einmal anstreichen. Wenn du Glück hast, kriegst du noch eine Vier.“

„Wenn ich sie darauf anspreche, verpasst sie mir garantiert eine Sechs. Ich sag doch, sie kann mich nicht ab."

„Ich würde es dennoch versuchen, und wenn das nicht hilft, gehst du zur Vertrauenslehrerin. Das hier", mit dem Kinn deutete er auf ihr Heft, „ist ein klassischer Irrtum des Paukers. Du, ich weiß, wovon ich rede. Und wenn du mir nicht glaubst, kann ich es dir beweisen. Mein Vater ist schließlich auch Pauker. Gib mir dein Heft mit. Ich zeig's ihm, und dann hörst du selbst, dass ich ..."

„Es nützt alles nichts, Jens", fiel Andrea ihm ungeduldig ins Wort. „Ich kann mich nur ruhig verhalten und abwarten. Zum Glück stehe ich in den anderen Fächern ganz gut, sodass ich zumindest nicht hängen bleiben kann."

„Dennoch solltest du dich wehren. Am besten sofort."

„Er hat Recht", mischte sich Stefanie wieder ein. „Sprich mit ihr, und wenn das nicht hilft, gehst du zur Collas. Und wenn das auch nichts nützt, gehst du halt zum Direx."

„Und dann kann ich mich gleich abmelden. Du, ich denke nicht einmal im Traum daran, mit einem Pauker in den Clinch zu gehen."

„Dann lass dich weiter ungerecht behandeln", schimpfte Jens. „Verdammt, Andy, hier geht es um deine Noten."

„Ich würde es tun", drängte Stefanie beharrlich.

Andrea seufzte und schaute auf ihre Swatch. Die Pause dauerte noch zehn Minuten, Zeit genug, mal schnell ins Lehrerzimmer zu flitzen. „Also gut", gab sie endlich nach. Jens und Stefanie blieben an ihrer Seite, bis sie beim Lehrerzimmer angekommen waren. Andreas Herz klopfte bis in den Hals, als sie bat, mit Frau Wolters reden zu dürfen. Sekunden schienen sich zu Minuten zu dehnen, aber dann kam Frau Wolters an die Tür und musterte Andrea eingehend.

„Was gibt es denn?", erkundigte sie sich unwirsch.

Andrea schluckte und schlug das Heft auf. „Ich ... ich wollte mit Ihnen über die Arbeit reden", begann sie zaghaft. „Ich ... ich hab gesehen ... Schauen Sie bitte selbst." Rasch drehte sie das Heft um und zeigte auf die rot angestrichenen Stellen. „Das sind doch Wiederholungsfehler."

Frau Wolters nahm ihr das Heft aus der Hand und begutachtete es. „Nun ja ... lass mir die Arbeit hier. Ich überprüfe sie nachher noch einmal." Wumms, da ging die Tür wieder zu, und Andrea stand da wie ein begossener Pudel. Hilfe suchend und verwirrt schaute sie sich nach Stefanie und Jens um, aber die waren schon verschwunden.

„So geht es nicht, Robert", hörte sie plötzlich eine Stimme, die ihr bekannt vorkam. „Sie waren in dieser Woche schon zweimal nicht im Nachmittagskursus. Und immer haben Sie die gleiche Entschuldigung. Was sind das denn für dringende familiäre Angelegenheiten?"

Als der Name Robert fiel, horchte Andrea auf. Unwillkürlich ging sie in die Richtung, aus der die Stimme kam. Es war der Bibliotheksvorraum, den manche Lehrer für Besprechungen mit Schülern nutzten. Ob Robert etwa auch ...

„Meine Mutter ist krank, Herr Körner. Schon seit Wochen", hörte sie Robert sagen. Wie gehetzt schaute sich Andrea in dem langen Flur um, aber außer ihr war kein Mensch da. Also konnte sie noch einen Moment stehen bleiben und zuhören.

„... um Ihre Zukunft. Im nächsten Jahr machen Sie Abitur, und wenn Ihnen die nötigen Grundlagen fehlen, wird es sehr schwer werden."

„Ich weiß, Herr Körner, aber im Moment geht es leider nicht. Wir haben ein eigenes Geschäft, um das ich mich kümmern muss, während meine Mutter im Krankenhaus liegt."

„Geschäft. Ihre Zukunft steht auf dem Spiel, junger Mann."

„Bitte, Herr Körner, ich tue, was ich kann, aber ..."

„Schon gut. Sorgen Sie dafür, dass Sie in Zukunft nichts mehr versäumen. Und denken Sie an die nächste Klausur."

„Ja, natürlich. Ich werde sie bestimmt nicht verpassen." Einen Moment herrschte Stille, aber dann ergriff Körner wieder das Wort.

„Sie wissen hoffentlich, dass ich sie verlegt habe. Wir schreiben schon am Freitag."

„Kommenden Freitag?", wiederholte Robert. Der Ton in seiner Stimme machte Andrea stutzig. Unwillkürlich ging sie noch etwas näher heran.

„... eine Konferenz angesagt, und deshalb haben wir uns auf Freitag geeinigt."

„Ach so. Ja, gut." In derselben Sekunde flog die Tür auf, und Robert stürzte auf den Gang. Viel hätte nicht gefehlt, und er hätte Andrea glatt überrannt. Im letzten Moment schwenkte er ab, maß sie mit einem bösen Blick und hastete weiter.

„Andrea", rief Körner. „Wolltest du in die Bibliothek?"

„Ja, Herr Körner", bestätigte Andrea geistesgegenwärtig. „Dann komm rein. Ich bin hier fertig." Eilig schob sich Körner an ihr vorbei. Notgedrungen ging Andrea in die Bibliothek, verließ sie aber schon nach wenigen Minuten wieder. Draußen im Hof wurde sie prompt von Stefanie und Jens bestürmt, die beide auf sie gewartet hatten.

„Was ist denn nun?", erkundigte sich Stefanie. „Hast du eine bessere Note bekommen?"

„Noch nicht. Die Wolters hat mein Heft mitgenommen."

„Du wirst sehen", rief Jens, „ich hab Recht. Du kriegst garantiert noch eine Vier."

Andrea lächelte leicht und schlenderte weiter. Zu gern hätte sie gewusst, wo Robert jetzt steckte, aber da Stefanie und Jens sie weiter belagerten, konnte sie sich nicht auf die Suche nach ihm machen.

„Ich weiß nicht, wie ich es regeln soll", stöhnte Robert. „Körner war echt sauer, und wenn ich die Klausur am Freitag nicht schreibe, ist es ganz aus."

„Und wenn du sie schreibst", vervollständigte Paul, „bist du deinen Job los."

Robert nickte langsam. „Genauso ist es, Kumpel. Ich muss die Klausur schreiben, und ich brauche den Job."

„Und wenn du mit Ruth sprichst?", schlug Paul vor.

„Ich glaube nicht, dass sie noch was ändern kann. Donnerstag und Freitag sind fest geplant. Augenblick! Vielleicht klappt es doch noch. Hast du mal eben ein bisschen Kleingeld für mich? Ich ruf sofort dort an."

Paul durchforstete seine Taschen und brachte endlich ein paar Cent zum Vorschein. In Windeseile rannte Robert zum Münzfernsprecher. Als Robert Ruth an die Strippe bekam, erzählte er ihr, was vorgefallen war. „Du sagtest doch, es ginge auch Mittwoch und Donnerstag."

„Ja, schon, aber inzwischen ... ach, Robby! Hättest du mich nur eine halbe Stunde früher angerufen. Dennoch ... ich versuche es, aber versprechen kann ich nichts."

„Okay, danke Ruth. Ich melde mich nachher wieder."

„Und?", wollte Paul wissen.

„Sie versucht's. Gehen wir rauf."

„Robby hat Probleme", versicherte Andrea bereits zum zweiten Mal. „Körner war echt sauer. Ich frage mich bloß, was das für ein Geschäft ist."

„Das müsste man doch eigentlich herausfinden können", überlegte Stefanie laut. „Dann steckt er also nach der Schule immer dort."

„Ja, scheint so. Zu den Kursen nachmittags ist er jedenfalls schon zweimal nicht erschienen. Und seine Mutter ist krank."

„Lauschen bringt also doch was", schmunzelte Stefanie.

„Es war bloß ein Zufall. Hätte die Wolters mich nicht so abserviert, hätte ich nichts mitbekommen."

„Jedenfalls wissen wir jetzt schon ein bisschen mehr über Mister Obertoll."

„Sag doch nicht immer so was. Er heißt Robby. Ich finde den Namen süß."

Stefanie kicherte anzüglich. „Du findest alles süß, was mit ihm zu tun hat. Muss Liebe schön sein."

Ärgerlich wandte sich Andrea ab, aber Stefanie war schneller und legte einen Arm um die Schulter der Freundin. „Ich meine es doch nicht böse. Irgendwie finde ich es sogar total goldig, dass du dich so verknallt hast."

„Goldig?", wiederholte Andrea spöttisch. „Goldig fände ich, wenn er auch einmal von mir Notiz nehmen würde, aber Pustekuchen."

„Und was hat er gesagt, als er dich fast umgerannt hat?"

„Nichts, absolut nichts. Ich bin sogar fest davon überzeugt, dass er mich nicht einmal erkannt hat."

Stefanie stöhnte leise. „An deiner Stelle würde ich ihn schleunigst vergessen. Das wird nie was."

„Stef", empörte sich Andrea. „Ich liebe ihn. Geht das denn nicht in deinen Kopf?"

„Du bildest dir ein, ihn zu lieben. Ich bin sicher, wenn du ihn näher kennen lernst, denkst du anders. Mensch, Andy, so geht es doch meistens. Anfangs glaubt man, man hätte den Traumtyp gefunden, aber dann merkt man ziemlich schnell, dass er Macken hat, die einem absolut nicht passen, und dann ist es auch schon wieder vorbei."

„Nein. Robby ist super. Er ... Jens, was willst du denn?", unterbrach sich Andrea selbst und wurde zu allem Überfluss puterrot.

„Ich ... ich wollte dir noch einen Tipp für die Wolters geben“, stotterte Jens. „Ich hab nachgedacht. Wenn sie dir die Note nicht raufsetzt ...“

„Zum Teufel mit den Noten“, brauste Andrea unbeherrscht auf. „Ich rede gerade mit Stefanie. Siehst du das denn nicht?“

Besorgt schaute Stefanie von einem zum anderen. Wie dumm von Andy, Jens so anzuschreien. Was war, wenn er alles mit angehört hatte? Aber daran schien sie nicht einmal zu denken.

„Schon gut, schon gut“, lenkte Jens ein und hob beide Hände. „Ich bin ja schon wieder weg. Lasst euch bloß nicht stören.“

Wütend schaute Andrea ihm nach. „Glaubst du, er hat was gehört?“, fragte sie besorgt.

„Nein“, schwindelte Stefanie. „Er scheint bloß an die dämliche Englischarbeit zu denken.“

„Hoffentlich“, murmelte Andrea. „Nicht auszudenken, wenn er ...“

„Unsinn. Mach dich nicht selbst verrückt. Er weiß nichts.“

„Ich hab’s gesehen“, empfing Oliver den Freund. „Sie hat dich ja ganz schön abblitzen lassen.“

Der Blick, den Jens dem Freund zuwarf, sprach Bände.

„Lass sie laufen, Jens. Andere Mütter haben auch nette Töchter. Ich würde keinem Mädchen nachdackeln.“

„Nein?“, lästerte Jens. „Du steigst doch jeder nach.“

„Das stimmt doch gar nicht“, begehrte Oliver auf. „Jedenfalls würde ich mich nicht zum Narren machen. Wer nicht will, der hat schon. Was hat sie denn gesagt?“

Jens zögerte, aber dann entschloss er sich doch, Oliver die Wahrheit zu sagen. „Sie ... sie hat nichts gegen mich, jedenfalls nicht direkt. Es ist nur so, sie steht auf Robert.“

„Robert?“, echote Oliver und riss die Augen weit auf. „Der aus der Zwölf?“

„Ich denke schon, denn viele Roberts haben wir nicht an der Schule. Bloß noch den aus der Zehn, aber der ist so mickrig, dass er wohl kaum in Frage kommt."

„Der Schwuli also. Ich fass es nicht."

„Das ist doch Quatsch hoch sieben. Robert ist garantiert nicht schwul."

„Woher willst du das wissen?", fragte Oliver lauernd.

Jens stöhnte unterdrückt. „Du nervst, Mann. Wieso soll er schwul sein? Bloß, weil er nur mit Paul befreundet ist? Du, in dem Punkt kann ich ihn sogar verstehen. Seine Jahrgangsstufe ist echt ätzend. Mit diesen Typen würde ich mich auch nicht abgeben. Und überhaupt. Alles Mist", pauschalierte er und ging an Oliver vorbei ins Schulgebäude.

Bereits in der zweiten großen Pause bemerkten Andrea und Stefanie, dass ein paar Mädchen aus anderen Klassen und Jahrgangsstufen mit den Fingern auf sie zeigten und kicherten. Stefanie ahnte sofort, was das zu bedeuten hatte, aber noch schien Andrea nichts zu bemerken.

„Ich hab mir das überlegt", begann Andrea zögernd. „Was hältst du davon, wenn ich sein Haus mal im Auge behalte?"

„Du hast wohl zu viele Krimis gesehen", winkte Stefanie ab. „Mach dich doch nicht lächerlich, Andy. Wenn du mich fragst, vergeudest du bloß deine Zeit."

„Ich möchte zumindest mal vernünftig mit ihm reden. Wenn ich mich vor seinem Haus aufpflanze und dann so tue, als wäre ich rein zufällig da ..."

„Erreichst du auch nichts", vervollständigte Stefanie den Satz. „Wenn es hoch kommt, grinst er dich an und geht weiter. Und dafür opferst du womöglich einen ganzen Nachmittag, wenn nicht noch mehr. Das wäre er mir nicht wert."

„Für ihn ist mir nichts zu viel", behauptete Andrea überschwänglich, was Stefanie nun doch zum Lachen reizte.

„Dann tu, was du nicht lassen kannst. Du hörst ja eh nicht auf mich."

„Ich hab wieder von ihm geträumt", gab Andrea so leise zu, dass Stefanie Mühe hatte, sie zu verstehen. „Er war so toll, so wahnsinnig zärtlich. Zu schade, dass ich aufgewacht bin."

„Wenn du auf mich hörst, beschränkst du dich auf deine Träume." Stefanie holte tief Luft und schüttelte die Freundin leicht. „Wenn mich nicht alles täuscht, reden die da drüben über dich."

Erschrocken schaute Andrea auf, und jetzt bemerkte sie auch die Mädchen, die auffällig unauffällig zu ihr hinschauten. „Glaubst du, dass Jens ...", hauchte Andrea.

„Wer denn sonst? Dieser Schmutzfink hat dich doch eben belauscht. Und dann hatte er nichts Besseres zu tun, als es prompt weiterzutratschen."

Verzweifelt und beschämt zugleich, biss sich Andrea auf die Lippen. „Und was jetzt?"

„Ich weiß noch nicht, aber bestimmt fällt mir was ein, wie wir diesen Idioten das Maul stopfen können."

„Wenn Robby davon erfahrt, ist alles aus", wisperte Andrea tonlos. „Was soll ich bloß tun, Stef?"

„Triff dich wieder mit Tobias. Wenn die anderen sehen, dass ihr wieder zusammen seid, ist vielleicht alles paletti."

„Nein, das ... das kann ich nicht. Ich will nicht mit Tobias ..."

„Dann krall dir halt einen ... he, ich hab's. Hast du mir nicht erzählt, dass Jens mit dir ins Kino wollte?" Andrea nickte verständnislos, aber Stefanie begann zu lachen. „Dann ist doch alles okay. Zeig dich ein paarmal mit Jens, dann ist die andere Sache bald vergessen."

„Das glaubst auch nur du, und außerdem mag ich nicht mit Jens ausgehen. Was ist, wenn Robby uns mal sieht?"

„Herrgott", stöhnte Stefanie entnervt. „Du machst mich noch

verrückt. Selbst wenn er gegen euch laufen würde, würde er sich nichts dabei denken. Wenn du meine ehrliche Meinung wissen willst, Robby schaut weder nach rechts noch nach links. Keiner hier interessiert ihn wirklich, höchstens noch Paul, aber das ist auch schon alles." Unschlüssig begann Andrea, an ihren Nägeln zu kauen.

„Lass das", schimpfte Stefanie. „Glaubst du, das hilft?"

„Ich bin aber nervös. Warum klappt bei mir nie was?"

„Weil du alles zu ernst nimmst", konterte Stefanie, die so langsam die Geduld verlor, ärgerlich. „Wie kann man sich bloß in einen Jungen verknallen, der nichts von einem wissen will? Es gibt auch noch andere."

„Ich will aber keinen anderen", jammerte Andrea kläglich.

„Ich geb's auf. Verdammt, Andy, wir hatten doch immer viel Spaß miteinander, sind rumgezogen und so. Warum machst du auf einmal Stress?"

Bis um fünf hatte Andrea ihr Versprechen gehalten, aber dann warf sie alle Bedenken über Bord, holte ihre Jacke und sagte ihrer Mutter Bescheid, dass sie noch mal rasch zu Stefanie gehen würde. Bis zu Robert war es ein gutes Stück, aber das machte ihr nichts aus. Sie war fest entschlossen, ihren eben gefassten Plan in die Tat umzusetzen. Sie wollte versuchen, einmal mit Robert zu reden, und wenn sie dann das Gefühl hatte, dass er sie nicht mochte, würde sie sich bemühen, ihn zu vergessen. Und deshalb war sie jetzt auf dem Weg zu ihm. Sobald er das Haus verließ, würde sie einen Haken schlagen, ihm entgegenkommen und ihn einfach ansprechen. Am liebsten hätte Andrea laut gejubelt, als sie entdeckte, dass der Italiener an der Ecke ein paar Tische auf den Bürgersteig gestellt hatte. So wurde ihre Mission wesentlich leichter. Was war schon dabei, wenn man draußen ein Eis aß? Aufatmend ließ sie sich an einem der vier

Tische nieder und bestellte ein mittleres Eis. Während sie es löffelte, ließ sie keinen Blick von Roberts Haustür. Einmal ging die Tür auf, und prompt spürte Andrea, wie ihr Puls zu flattern begann, aber es war falscher Alarm. Enttäuscht und erleichtert zugleich, aß sie weiter. Schon bald war der Eisbecher leer, und Andrea bestellte einen zweiten, dann noch einen dritten und sogar noch einen vierten. Und dann war ihr nicht nur eiskalt, sondern auch schlecht. Wie ein schwerer Klotz lag das viele Eis in ihrem Magen. Resigniert rief sie nach der Bedienung und wollte bezahlen, als gegenüber die Tür aufging und Robert aus dem Haus trat. Mit schnellen Schritten ging er die Straße hinunter, in Richtung Innenstadt, so schnell, dass Andrea befürchtete, ihn aus den Augen zu verlieren.

„Stimmt so", rief sie der verwunderten Kellnerin zu und rannte Robert hinterher. An der nächsten Ampel hängte er sie ab. Am liebsten wäre Andrea weitergelaufen, aber da die Autos von allen Seiten heranschossen, wäre es glatter Selbstmord gewesen, ihm zu folgen. Inständig hoffte sie, dass er geradeaus gegangen und nicht in eine der Querstraßen eingebogen war. Als die Ampel endlich umschaltete, spurtete Andrea los. Immer schneller und schneller rannte sie, konnte Robert aber noch nirgendwo entdecken. Gerade als sie schon entmutigt aufgeben wollte, sah sie, wie ein hoch gewachsener Blonder in einem Hauseingang verschwand. Ohne zu zögern, lief sie in dieselbe Richtung. Schwer atmend kam sie an dem Gebäude an. Von dem Blonden fehlte jede Spur. Suchend glitten Andreas Augen über die verschiedenen Anzeigetafeln. Dr. Walter Schrönier, Rechtsanwalt. Dr. G. Schleicher, Notar, las sie. Ruth Hanisch, Werbe- und Modelagentur. Vielleicht hatte sie sich doch getäuscht, und der Blonde war gar nicht Robby. Wahrscheinlich war er irgendwo abgebogen. Plötzlich meldete sich ihr Magen, der sich krampfhaft zusammenzog. Andrea presste die Hand auf die schmerzende Stelle, doch das half auch nicht. Geh, riet ihre innere Stimme. Stef hat Recht. Was du tust, ist glatter Blödsinn. Die reinste Zeitverschwendung. Nicht nur Zeit-, sondern auch Geldverschwendung, denn immerhin hatte sie der Kellnerin eben ihren letzten Zehner überlassen. Total entmutigt, drehte sich Andrea um und schlich nach Hause.

# 3. Kapitel

„Du wirst es nicht glauben", sprudelte Stefanie aufgeregt hervor. „Dreimal darfst du raten, was mir eben passiert ist!"

„Ich weiß nicht", stöhnte Andrea. „Mir ist tierisch schlecht."

„Schlecht? Wovon denn?"

„Keine Ahnung", schwindelte Andrea, die am Telefon nicht darüber reden wollte. „Sag, was du sagen willst, aber beeil dich. Ich muss wieder zum Klo."

„So schlimm?"

„Noch schlimmer. Also?"

„Wir haben eben zwei Typen kennen gelernt. Ich war doch mit Anne im Malkasten", holte sie noch weiter aus. „Und da waren zwei Jungs, der eine sah ein bisschen aus wie ... ach, egal. Jedenfalls sprachen sie von einem tollen Projekt. Es geht da um eine Show, die in verschiedenen Städten aufgeführt wird. Mode und Design heißt sie, und die zwei Typen machen da mit. Und jetzt kommt's ..."

„Bei mir auch", jammerte Andrea. „Ich muss dringend zum Klo. Bist du zu Hause?"

„Nein, noch unterwegs. Weißt du was? Ich komme gleich bei dir vorbei und erzähl dir alles, okay?"

„Okay“, stöhnte Andrea, und dann hatte sie es sehr eilig.

„Du siehst ja aus wie eine wandelnde Leiche“, kommentierte Stefanie ehrlich erstaunt, als sie eine knappe Stunde später Andrea gegenüberstand. „Hast du dir den Magen verdorben?“

„Wahrscheinlich. Erzähl schnell, denn ich muss gleich wieder zum Klo.“

„Okay, okay. Der eine Typ heißt Sunny, der Himmel mag wissen, wieso ...“

„Weiter“, drängte Andrea und rieb ihren schmerzenden Magen.

„Der andere heißt Bastian. Du, er ist echt süß. Ist ja gut“, wehrte sie ab, als Andrea sie wieder unterbrechen wollte. „Ich mach es ganz kurz. Nur die wichtigsten Punkte. Jedenfalls haben wir ziemlich lange mit ihnen geredet, und dabei hat Sunny erzählt, dass ein gewisser Robert Dauvermann mitmachen würde.“

„Wobei?“

Stefanie seufzte.

„Bei dieser Show natürlich. Das wird so eine Mischung aus Mode und Kunst, verstehst du?“

Andrea zog die Augenbrauen hoch. „Nein, nicht so ganz.“

„Also gut, für Dumme und ganz Dumme. Diese Show gehört zu den Kulturwochen, die immer im Sommer stattfinden. Du weißt doch, um diese Jahreszeit ist, was Kultur angeht, meistens tote Hose. Das Theater hat Ferien und so. Und deshalb gibt es doch neuerdings diesen Kultursommer. Weißt du noch? Letztes Jahr waren wir doch mal bei einem Open-air-Konzert, und am Markt ...“

„Sprich bitte weiter“, stöhnte Andrea und biss die Zähne zusammen. „Die Show“, gab sie das Stichwort.

„Ja, okay. In diesem Jahr soll unter anderem diese Show Mode und Design gezeigt werden. Sunny meinte, es würde eine tolle Sache, für die sie schon bald zu proben beginnen. Und Robby, dein angebeteter Robby, macht da mit."

„Bei dieser Show?", echote Andrea.

„Du bist echt schwer von Begriff", schimpfte Stefanie. „Das sage ich doch schon die ganze Zeit. Es kommt aber noch dicker. Wir treffen uns morgen wieder mit den Jungs, und wenn du willst, kannst du mitkommen."

„Würde ich gern, aber ich kann mich nicht weiter als einen Meter vom Klo entfernen", wandte Andrea ein, und dann bekannte sie doch Farbe und erzählte, weshalb ihr so schlecht war.

Stefanie kicherte.

„Du bist echt blöder, als die Polizei erlaubt. Wie kann ein halbwegs normaler Mensch so viel Eis futtern?"

„Ich hab es nicht einmal bemerkt", stöhnte Andrea. „Ehrlich, Stef, ich musste doch was bestellen, um das Haus weiter beobachten zu können. Und das hat halt gedauert und plötzlich hatte ich vier Eis intus."

„Vielleicht ist es ja morgen wieder besser." Darauf hoffte Andrea ebenfalls inständig.

„Wie sieht es aus, Renate?", fragte Robert, nachdem die Freundin seiner Mutter das Geschäft abgeschlossen hatte.

„Nicht besonders gut, Robby. Ich will dir nichts vormachen. Wenn ich Marlene wäre, würde ich den Laden schleunigst wieder verkaufen. Noch halten sich die Verluste in Grenzen."

„Und was soll Mutsch dann machen?"

Renate setzte sich und beugte sich über den Schreibtisch. „Sich einen Job suchen. Da hat sie ein festes Einkommen, ist versichert, und kann auch mal an Urlaub denken. Es gibt zu viele Boutiquen dieser Art. Sieh dich doch um. An allen Ecken schießen sie wie die Pilze aus dem Boden."

Robert atmete hörbar ein und dachte an seine Mutter, die jeden Cent ihres Ersparten in dieses kleine Geschäft gesteckt hatte.

„Ich weiß, was du denkst“, sagte Renate. „Und ich kann auch verstehen, dass du im Moment nicht mit Marlene darüber reden möchtest, aber diese Boutique hier hat keine Zukunft. Anders wäre es, wenn ihr eine echte Marktlücke finden würdet. Ein Angebot, das es sonst nirgendwo in der Stadt gibt. Die Lage ist super. Es kommt wahnsinnig viel Laufkundschaft, aber sie kaufen nichts. Und warum nicht? Weil sie glauben, andere Geschäfte wären billiger, und teilweise sind sie es ja auch. Ich hab schon mal überlegt, ob ihr euch auf etwas spezialisieren könntet, Pullover oder so. Dumm ist nur, dass exklusive Strickmode immer teuer ist.“

„Und was machen wir im Sommer?“

„Es gibt auch dünne Stricksachen“, wischte Renate den Einwand beiseite, „aber so toll ist meine Idee auch nicht. Es war nur ein Beispiel. Genauso gut könnte man sich auf Blusen spezialisieren. Verstehst du, was ich meine?“

„Sicher.“ Robert zog die Unterlippe zwischen die Zähne und seufzte. Einen Moment schaute Renate ihm mitleidig dabei zu.

„Du, ich will dich nicht noch mehr demoralisieren, aber ich muss dringend nach meinen eigenen Läden sehen. Könntest du vielleicht ab und zu ...“

„Hier verkaufen?“, fiel Robert ihr entsetzt ins Wort.

„Ja, so ähnlich. Es geht nicht anders, Robby. Ich würde dich wirklich nicht damit belästigen, aber ich habe nicht damit gerechnet, dass deine Mutter so lange krank sein würde. Zwei oder drei Wochen auszuhelfen, war in Ordnung, aber mehr ...“

„Ich weiß“, stöhnte Robert, dem die Probleme allmählich über den Kopf wuchsen. „Wir sind dir wirklich dankbar, dass du eingesprungen bist, Renate, denn ohne dich hätten wir schließen müssen, aber ...“ Robert stand auf und lachte heiser.

„Ich kann keine Damenmode verkaufen. Ich hab keinen Schimmer davon."

„Viel Beratung scheinen die Kunden zum Glück nicht zu erwarten. Die meisten wollen lieber selbst stöbern, und es ist ja auch nicht so, dass ich gar nicht mehr aushelfen würde. Ich bräuchte halt nur ein paar Stunden am Tag. In der Zeit könnte ich mich dann um meine eigenen Geschäfte kümmern. Die Steuerunterlagen müssen zum Steuerberater, ich muss Bestellungen machen, und, und, und. Du weißt ja selbst, was so anfällt."

„Und wenn wir eine Kraft engagieren?"

„Zu teuer. Der Laden trägt keine Verkäuferin." Renate lehnte sich zurück, verschränkte die Arme im Nacken und schloss die Augen. Plötzlich riss sie sie wieder auf. „Mit einer Aushilfe könnte es aber gehen."

„Was kostet denn so was?"

Nachdenklich klopfte Renate mit einem Bleistift auf die Schreibtischplatte und überlegte laut weiter. „Es könnte durchaus eine ungelernte Kraft sein. Die ist billiger. Ich hänge ein Schild ins Schaufenster", entschied sie und stand auf, um ihren Plan auch gleich in die Tat umzusetzen. „Und morgen rufe ich zusätzlich noch beim Arbeitsamt an. Es muss nicht für lange sein. Zwei, drei Stunden am Tag, und das vielleicht dreimal die Woche, das würde schon reichen. Deshalb dachte ich ja auch, dass du vielleicht einspringen könntest, aber das ist echt keine so gute Idee. Vielleicht würden sich einige Kundinnen sogar daran stören, wenn ein Mann sie bedient."

„Ich rede nachher mal mit Mutsch", murmelte Robert. „So eine Aushilfe wäre nicht schlecht. Ach, Renate, ich wünschte, Mutsch wäre wieder gesund."

Renate nickte nachdenklich. „Für dich ist es auch ziemlich schwer, nicht wahr?"

Robert zuckte mit den Schultern. „Es geht schon so. Die Schule ist echter Stress. Die Werbung dagegen macht mir großen Spaß, und ich verdiene ja auch gutes Geld damit. Ruth schustert mir an Aufträgen zu, was sie kann. Ich muss gleich noch mal zu ihr hin."

„Ja, für mich wird es auch Zeit, endlich nach Hause zu fahren. Grüß deine Mutter ganz lieb von mir und sage ihr, dass ich sie am Samstag besuche."

Robert stand auf und wartete, bis Renate ihn zur Hintertür hinausließ. In Gedanken versunken, schlug er den Weg zu Ruth Hanisch ein. Wenn sie es nicht geschafft hatte, den Termin zu verlegen, konnte er den Auftrag von Fürbringer abschreiben. Dabei hatte er das Geld so dringend nötig. Zehn Minuten später fuhr er schon mit dem Aufzug nach oben. Wie üblich herrschte in Ruths Agentur ein heilloses Durcheinander. Menschen eilten geschäftig hin und her, und über allem wachte Ruth mit Argusblicken und zog die Fäden. Als sie Robert bemerkte, winkte sie ihn zu sich heran.

„Wir müssen unbedingt miteinander reden", eröffnete sie ihm ohne Umschweife. „Du musst am Donnerstag und Freitag kommen, anders geht es nicht."

„Und die Klausur?"

„Kannst du sie nicht nachschreiben?"

„Ob Körner das erlaubt?"

„Er muss, Robby." Beschwörend schaute sie ihn an. „Der Vertrag ist doch schon unterschrieben, und wenn du ihn nicht erfüllst, musst du Strafe zahlen. Ich habe ihn gleich nach deinem Anruf heute Früh eingehend geprüft. Um ein Haar hätte es sogar geklappt, den Termin zu verschieben, aber eins der Mädchen kann nicht. Ausgerechnet die wichtigste Person, und deshalb ..." Ruth seufzte tief und ballte die Hände zu Fäusten. „Ich hab echt alles versucht. Es tut mir so Leid für dich."

Robert zwang sich zu einem Lächeln. „Ich weiß, Ruth. Es wird schon irgendwie gehen. Was macht ihr gerade?“

Ruth schob ihn zur Tür hinaus. „Uns ärgern. Einer der Kunden ist echt zu blöd. Ich hab ihm mehrere Entwürfe vorgelegt. Den meiner Meinung nach schlechtesten will er unbedingt haben. Aber was soll's? Der Kunde ist bekanntlich König.“

Im Büro angekommen, erkundigte sie sich sofort nach Marlene. „Ich fahre gleich zu ihr ins Krankenhaus. Ich hab was mit ihr zu besprechen.“

„Das Geschäft, nicht wahr?“, vermutete Ruth richtig.

„Ja. Es läuft nicht, wie es soll.“

Ruth legte eine Hand auf seinen Arm und drückte ihn leicht. „Ich hab mir auch schon ein paar Gedanken gemacht. Wenn Marlene wieder gesund ist, frage ich sie, ob sie nicht bei mir einsteigen möchte. Ich könnte Hilfe gut gebrauchen, denn sonst geht es mir eines Tages so wie deiner Mutter.“ Anklagend deutete sie auf die große Wanduhr. „Ich bin seit zehn Stunden hier, und es wird mindestens noch weitere drei oder vier dauern, bis ich endlich nach Hause fahren kann.“

„Auch nicht die beste Art zu leben“, schmunzelte Robert. „Dein Vorschlag hört sich super an. Mutsch hat schon immer von deiner Agentur geschwärmt.“

„Und es wäre ein guter, sicherer Job. Inzwischen bin ich etabliert, und die Aufträge rollen nur so. So etwas gibt Sicherheit.“

„Mutsch kann froh sein, zwei so gute Freundinnen wie dich und Renate zu haben“, murmelte Robert ehrlich beeindruckt, aber Ruth winkte ab.

„Umgekehrt hat sie mir auch schon oft geholfen, sogar finanziell. Aber jetzt musst du mich entschuldigen, Robby. Ich muss wieder nach oben. Einer meiner Klienten will unbedingt zusehen.“

„Dann viel Spaß.“ Robert stand auf und verabschiedete sich.

Die Aussicht, dass vielleicht doch noch alles gut werden würde, ließ ihn sogar die Sorge um die bevorstehende Klausur, die er jetzt doch versäumen musste, vergessen. Da es bis zum Krankenhaus doch recht weit war, lief er rasch nach Hause und holte seine Vespa.

„Sie kommen aber sehr spät", empfing ihn Schwester Ingrid. „Ihre Mutter schläft schon."

Robert zögerte, aber dann bat er doch, sie noch kurz besuchen zu dürfen.

„Also gut, aber lange dürfen Sie nicht bleiben."

Auf Zehenspitzen huschte Robert ins Zimmer und setzte sich neben dem Bett auf einen Stuhl. Nachdenklich schaute er auf seine schlafende Mutter, deren geschlossene Augenlider ab und zu leicht flatterten. Plötzlich schlug sie die Augen auf. Es dauerte ein paar Augenblicke, bis sie Robert erkannte, aber dann huschte ein kleines Lächeln über ihr Gesicht.

„Ich dachte schon, du kommst heute gar nicht", murmelte sie schläfrig.

„Es ist später geworden, als ich dachte", flüsterte Robert zurück. „Ich war noch bei Renate und bei Ruth. Ich soll dich von beiden ganz lieb grüßen."

„Danke. Ist alles in Ordnung?"

Robert brauchte nicht lange zu überlegen und nickte schnell. „Du kennst sie doch. Es läuft alles wie am Schnürchen. Und wie geht es dir?"

„Besser. Ich schlafe viel, und der Arzt sagt, das wäre sehr gut." Plötzlich richtete sie sich ein wenig auf und musterte Robert scharf. „Sohn, ich muss hier raus. Ich kann Renate nicht zumuten, dass sie mich noch länger vertritt. Sie hat doch selbst alle Hände voll zu tun. Und du brauchst mich doch auch."

Robert ergriff ihre Hand und drückte sie leicht. „Wichtig ist, dass du gesund wirst. Alles andere regeln wir. Und du bleibst bitte so lange hier, wie es nötig ist."

„Es geht mir doch schon wieder besser", murmelte sie unwillig. „Ich muss ins Geschäft."

„Musst du nicht", widersprach Robert heftig. „Renate kümmert sich darum." Einen Moment rang er mit sich, ob er ihr von der Aushilfe erzählen sollte, aber dann verzichtete er darauf und erhob sich. „Ruh dich aus, Mutsch, und denk mal ausnahmsweise nur an dich. Ich bin sicher, es wird alles gut."

Marlene Dauvermann legte sich wieder hin und schloss die Augen. „Ich bin so müde, Robby."

Robert beugte sich über sie und drückte ihr einen Kuss auf die Stirn. „Ich komme morgen wieder. Schlaf schön." Vom Krankenhaus aus fuhr er zu Paul.

„Hat's geklappt?", empfing ihn der Freund.

„Nein", brummte Robert und ließ sich auf Pauls Bett fallen. „Ich frag mich, wie ich das Körner beibringen soll."

„Darüber habe ich auch schon nachgedacht", erwiderte Paul. „Vielleicht solltest du offen mit ihm reden. Ein Unmensch ist er doch bestimmt nicht."

Robert lächelte schief. „Nein, aber für ihn zählt doch bloß die Penne. Und außerdem will ich nicht, dass einer erfährt, womit ich meine Knete verdiene. Kannst du dir das Gerede vorstellen, wenn herauskommt, dass ich Werbung mache?"

„Die Girls werden dich noch mehr anhimmeln als bisher", vermutete Paul lachend. „Du tust doch nichts Schlimmes."

„Das nicht, aber ... ach, ich weiß nicht. Es stinkt mir, Körner alles zu erzählen. Wenn ich bloß eine bessere Ausrede wüsste."

„Dann musst du halt krank werden."

Robert winkte ab. „Das glaubt doch kein Mensch. Ich könnte mich ohrfeigen. Warum hab ich nicht gleich Mittwoch und Donnerstag gesagt?"

„Es ist sinnlos, sich solche Fragen zu stellen. Du hast einen Job zu machen, fertig. Körner lässt dich bestimmt nachschreiben."

Ärgerlich stieß Robert den Atem aus. „Du weißt selbst, was das für Probleme macht. Ihr kriegt eure Arbeiten erst wieder zurück, wenn ich nachgeschrieben habe, und dann gibt es mal wieder keinen geeigneten Raum, in dem ich die Klausur nachholen kann, keine Aufsicht, und, und, und."

Paul nickte nachdenklich. „Und wenn du einfach später zu deinem Termin gehst?"

„Muss ich blechen. Das geht noch weniger. Zusätzliche Ausgaben sind bei uns nicht drin, Kumpel. Ich bin schon froh, dass Mutsch so gut versichert ist, sonst könnten wir uns das Krankenhaus nicht einmal leisten."

„Und dein Vater? Ich meine, so was wie jetzt ist doch ein Notfall."

Empört funkelte Robert den Freund an. „Sag so was nie wieder. Auf ihn können wir verzichten. Wir kommen auch allein zurecht. Und selbst wenn ich Steine klopfen müsste, würde ich keine Hilfe von ihm annehmen."

„Ist ja gut. Reg dich ab. Es war ja nur ein Vorschlag. Was machst du denn nun mit Körner?", lenkte Paul schnell ein.

„Mal sehen. Vielleicht rede ich wirklich mit ihm. Ich kann ja so tun, als müsste ich ins Geschäft."

„Und wenn er es nachprüft?"

„Wird Renate eine Ausrede finden. Die Frau ist super. Mit einem Körner wird sie garantiert fertig."

Paul ging zu seinem Schreibtisch und zog ein paar Blätter hervor. „Die Aufgaben für morgen. Ich hab den Text etwas geändert, damit es nicht auffällt."

Robert lächelte den Freund an. „Dank dir, Paul. Irgendwann kriegst du mal einen Orden."

„Ich werd dich dran erinnern. Willst du was trinken?"

„Nein. Ich fahre jetzt nach Hause und hau mich in die Falle. Morgen steht mir noch so einiges bevor. Renate sagt, dass wir das Geschäft aufgeben sollen. Zum Glück hat Ruth mir eben einen tollen Vorschlag gemacht. Meine Mutter könnte bei ihr arbeiten. Meiner Meinung nach wäre das sehr vernünftig. Die Frage ist nur, ob sie einwilligt, das Geschäft wieder zu verkaufen."

„Ruth und sie verstehen sich doch blendend. Warum sollte sie etwas dagegen haben, dort zu arbeiten?"

Robert seufzte tief. „Weil ein eigener Laden ihr ganz großer Traum war. Sie hat jeden Cent zusammengekratzt, um ihn zu verwirklichen, aber leider sieht die Realität etwas anders aus."

„Und darüber willst du morgen mit ihr reden?", wunderte sich Paul. „Hältst du das für klug?"

„Ich weiß es ja nicht. Renate hat mir eben schon gesagt, dass sie mehr Zeit für sich braucht. Sie will eine Aushilfe engagieren. Überleg doch mal, Paul. Wir können ihr nicht länger zumuten, das Geschäft zu führen. Sie hat genug andere Verpflichtungen. Ich muss mit meiner Mutter darüber sprechen."

„Sie hatte einen totalen Nervenzusammenbruch", erinnerte ihn Paul. „Ich würde damit noch etwas warten. Was sagt eigentlich ihr Arzt?"

„Ich habe ihn schon seit Tagen nicht mehr gesehen. Wenn ich komme, ist er bereits weg. Du weißt doch selbst, was bei mir anliegt."

„Dann sprich erst mit ihm", schlug Paul vor. „Ich schätze, er weiß besser, was man deiner Mutter schon zumuten kann."

„Ich könnte bei einer Show mitmachen", wechselte Robert plötzlich das Thema. „Mode und Design heißt sie."

„Und was musst du da machen?"

„Klamotten vorführen." Robert schmunzelte breit. „Ich wäre

so etwas wie die männliche Claudia Schiffer. Leider nicht so gut bezahlt wie sie, aber immerhin. Kultursommer. Sagt dir das was?"

„Ja, natürlich. Und die finanzieren die Show?"

„Teilweise. Ich hab schon zugesagt. Die Proben fangen in zwei Wochen an."

Paul rieb Daumen und Zeigefinger aneinander. „Lohnt es sich?"

„Und ob. Zwei Vorstellungen täglich. Wir gehen damit in vier Städte. Mitten in den Ferien, weißt du, was das heißt?"

„Ja. Keine Probleme mit der Penne. Aber hast du auch schon mal daran gedacht, dass dich jemand erkennen könnte?"

Robert zog die Augenbrauen hoch. „Mist, nein, daran hab ich echt noch nicht gedacht."

„Hast du schon unterschrieben?"

„Nein. Ich hab zwar zugesagt, aber bisher haben wir nur einen Vorvertrag abgeschlossen."

„Im letzten Jahr waren eine Menge Leute beim Kultursommer", dachte Paul laut weiter nach. „Vielleicht besteht die Möglichkeit, dass du nur in den anderen Städten mitmachst."

Nachdenklich wiegte Robert den Kopf hin und her. „Gute Idee, Kumpel. Ich rede gleich morgen mit Ruth darüber, denn ich möchte wirklich nicht, dass bekannt ..."

„Schon gut, schon gut", besänftigte Paul ihn. „Wozu hast du denn mich, dein wandelndes Gedächtnis?"

Als Robert eine knappe Stunde später nach Hause kam, ging er sofort in sein Zimmer. Obwohl er todmüde war, setzte er sich an den Schreibtisch und schrieb die Hausaufgaben, die Paul für ihn gemacht hatte, ab. Es war schon weit nach Mitternacht, als er noch rasch die Küche aufräumte und das gebrauchte Geschirr in die Spülmaschine stellte. Wie von selbst wanderten seine Gedanken zurück in die Vergangenheit. Er hatte sich immer eingebildet, in einer intakten Familie zu leben. Ihnen war es finanziell sehr gut gegangen. Genau wie er hatte seine Mutter manchmal für Werbeaufnahmen zur Verfügung gestanden, eine Arbeit, die ihnen viel Spaß gemacht hatte. Stolz hatte seine Mutter die Gagen zur Bank gebracht. Und dann, vor drei Jahren, war ihre heile Welt zusammengestürzt wie ein Kartenhaus. Immer öfter hatte es zwischen den Eltern Streit gegeben. Anfangs hatte er gar nicht so recht mitbekommen, um was es ging. Plötzlich war von Scheidung die Rede. Wenige Tage später packte seine Mutter ihre Koffer und zog mit ihm in diese Wohnung, in der sie jetzt lebten. Noch genau erinnerte er sich an den Prozess, der zu den peinlichsten Erlebnissen seines Lebens zählte. Seine Mutter hatte damals oft geweint, aber dann hatte sie die Ärmel hochgekrempelt, ihr Erspartes vom Sparbuch geholt und das Geschäft gekauft. Anfangs war er noch in losem Kontakt mit seinem Vater geblieben, aber dann hatte Robert ihm die Meinung gesagt, und das hatte zum endgültigen Bruch geführt. Niemals würde er ihm verzeihen, was geschehen war. Und noch etwas hatte er begriffen: Liebe gab es in Wirklichkeit gar nicht. Die fast zwanzig Jahre Ehe waren nur Lug und Trug gewesen.

# 4. Kapitel

Obwohl Andrea immer noch unter heftigen Magenschmerzen litt, hatte zumindest der unangenehme Durchfall nachgelassen, sodass sie am nächsten Tag in die Schule gehen konnte.

„Du siehst ja schlimm aus", kommentierte Stefanie mitleidig. „Aber ich bin sicher, das, was ich dir jetzt zu sagen habe, heitert dich wieder auf."

„Mach's nicht so spannend", antwortete Andrea und verzog ein wenig das Gesicht, weil sich ihr Magen wieder zusammenkrampfte.

„Ich hab den Laden von Robbys Mutter gefunden", trumpfte Stefanie mit blitzenden Augen auf. „Eine tolle Boutique. Sie liegt gar nicht mal so weit von dir entfernt. Und jetzt kommt es! Dreimal darfst du raten, was im Fenster steht."

„Klamotten, nehme ich an. Schaufenster sind nun mal dazu da, dekor..."

„Ein Schild", fiel ihr Stefanie ins Wort. „Man sucht eine Aushilfe für einige Stunden pro Woche. Ist das denn nichts?"

„Doch, umwerfend", brummelte Andrea, deren Gehirnzellen so früh am Morgen noch nicht so perfekt arbeiteten.

„Mensch, bist du blöd. Das wäre doch eine einmalige Gelegenheit für dich. Du meldest dich, und schon bist du deinem Traumboy nahe."

Als Andrea noch nicht wie erwartet reagierte, stöhnte Stefanie enttäuscht. „Ich dachte, du springst vor Freude an die Decke", beklagte sie sich. „Und was ist? Nichts ist. Du bist ..."

„Augenblick mal. Du meinst, ich soll mich in dem Laden melden?"

„Was denn sonst? Und wenn du Glück hast, nehmen sie dich sogar. Überleg doch mal. Du wohnst gleich um die Ecke. Das ist doch schon ein Anreiz, oder?"

„Ich bin aber erst sechzehn", gab Andrea zu bedenken.

„Das ist der zweite Anreiz. Verlang bloß nicht zu viel Knete. Ich bin sicher, dann nehmen sie dich mit Kusshand."

„Und dann muss ich dort arbeiten", dachte Andrea laut nach. „Und was ist, wenn Robby nicht im Geschäft ist?"

„Verdammt! Du hast doch gestern selbst gehört, dass er Körner verklickert hat, er müsse sich um das Geschäft kümmern. Du bist echt undankbar, Andy. Ich bemühe mich wie verrückt, dir zu helfen, und du ..."

„Es tut mir Leid, Stef. Mein Magen spielt immer noch ziemlich verrückt. Ich hab die halbe Nacht nicht geschlafen, und gefrühstückt hab ich auch noch nicht, aus Angst, wieder ständig zum Klo laufen zu müssen."

„Solche Eskapaden, wie tonnenweise Eis zu futtern, kannst du dir in Zukunft ersparen", verkündete Stefanie mit einem gewissen Stolz. „Du sitzt schon bald an der Quelle, und vor allem, Robby kann dich dann nicht mehr übersehen. Stell dir das alles noch mal bildlich vor! Du stehst in der Boutique seiner Mutter. Er ebenfalls. Begreifst du jetzt?"

Andrea schluckte trocken. So sehr ihr auch die Aussicht gefiel, ihrem geliebten Robby ganz nah zu sein, gleichzeitig machte sie ihr auch Angst. Bisher hatte sie immer nur von ihm geträumt, sich verschiedene Situationen ausgemalt, die sie ganz allein bestimmt hatte, und plötzlich war alles ganz anders. Vorausgesetzt, dass sie den Job überhaupt bekam.

„Und wenn sie mich nicht nehmen?“, fragte sie zaghaft.

„Unsinn. Du kriegst den Job“, behauptete Stefanie, ohne zu zögern. „Schaust du ab und zu auch mal in den Spiegel? Für eine Kleiderboutique bist du hervorragend geeignet. Du siehst toll aus, hast Ausstrahlung. Weshalb sollte man dich nicht vom Fleck weg engagieren? Hör bloß auf mich und verlange nicht zu viel Lohn, dann läuft alles wie geschmiert. Gleich nach der Schule gehst du hin.“ Kritisch huschten Stefanies Augen über Andreas’ Outfit. Zum Glück trug sie heute nicht ihre geliebten Uralt-Jeans, sondern einen modischen Rock, der ihre tolle Figur noch besser zur Geltung brachte. Dazu ein süßes Shirt und das kurze Jäckchen. „Du kannst dich echt sofort vorstellen gehen“, bestimmte Stefanie. „Du bräuchtest bloß ein wenig Farbe, denn im Moment siehst du einfach zu käsig aus. Ein Glück, dass ich mein Schminktäschchen bei mir habe.“

Andrea öffnete den Mund und wollte etwas sagen, aber als ihr Blick auf Robert fiel, der soeben seine Vespa parkte, blieb ihr das Wort im Hals stecken. Stefanie, die an derartige Reaktionen schon gewöhnt war, schaute sich rasch um.

„Da ist ja dein Traumprinz. Eins sag ich dir, Andy, wenn du es jetzt nicht schaffst, ihn auf dich aufmerksam zu machen, dann kannst du die Sache getrost vergessen.“

Ganz tief holte Andrea Luft, um ihr aufgewühltes Innenleben zu beruhigen. Wann immer sie Robert bloß sah, spielte alles in ihr verrückt. Ihr Herz jagte, als hätte sie einen Tausendmeterlauf hinter sich, und ihr wurde abwechselnd heiß und kalt. Am schlimmsten aber war dieses Kribbeln im Bauch. Wie tausend Ameisen fühlte sich das an, sehr geschäftig hin und her rennende Ameisen wohlgemerkt.

„Glotz nicht so", mahnte Stefanie und zog sie rasch mit sich, aber nicht weit genug, denn in diesem Moment schoss Silke heran und hakte sich bei Robby ein. Zischend schnappte Andrea nach Luft, was Stefanie veranlasste, sie noch weiter mit sich zu ziehen.

„Nun reg dich bloß ab", raunte sie ihr zu. „Sie schafft es eh nicht. Wenn du mich fragst, steht Robert nicht auf blond. Du hast weitaus bessere Chancen, Andy."

„Das ... das sagst du doch nur so", flüsterte Andrea heiser. Obwohl sie eigentlich gar nicht hinschauen wollte, konnte sie nicht anders. Silke lachte und legte den Kopf in den Nacken. Ihre langen blonden Haare leuchteten in der Morgensonne, und Andrea verspürte das unbändige Verlangen, zu ihr zu rasen und sie von Robby zu trennen. Sie sah, wie die beiden miteinander redeten, konnte aber leider nicht ein Wort verstehen.

„Doofe Tussi", zischte Stefanie. „Der Himmel mag wissen, was sie ihm gerade verklickert."

Andrea schwieg und schaute weiter mit zusammengepressten Lippen zu den beiden hin. Als Robert sich endlich von Silke befreite und mit großen Schritten auf das Schulgebäude zueilte, entspannte sie sich wieder ein wenig.

„Siehst du? Er hat sie abblitzen lassen", jubelte Stefanie schadenfroh. „Guter Junge. Komm Andy, bringen wir die paar Stündchen hinter uns, und dann nichts wie los."

„Ich glaub, mir wird schlecht", stöhnte Andrea, als sie sich gemeinsam mit Stefanie der Boutique näherte.

„So ein Unsinn. Reiß dich gefälligst zusammen. Du gehst jetzt da rein, sagst freundlich, was du willst, und fertig."

„Und wenn sie mich nicht nehmen, falle ich garantiert in Ohnmacht", orakelte Andrea düster.

Kritisch begutachtete Stefanie die Freundin noch einmal, bevor sie ihr die Schultasche abnahm. „Ab mit dir, Andy. Du wirst sehen, es klappt ganz bestimmt."

Aber das wagte Andrea doch sehr zu bezweifeln. Dennoch holte sie brav tief Luft, straffte die Schultern und stieß die Eingangstür auf. Prompt erklang ein melodisches Klingeln. Aus den Augenwinkeln bemerkte Andrea, dass die Boutique tolle Klamotten führte, aber das war im Moment nicht so wichtig. Wichtiger war die Frau, die freundlich lächelnd auf sie zukam.

„Kann ich Ihnen helfen?"

Andrea räusperte sich und zwang sich dazu, das Lächeln zu erwidern.

„Ich ... ich habe das Schild im Fenster gesehen", begann sie zögernd. „Ich möchte mich bewerben." Sekundenlang befürchtete sie, dass die Frau in Lachen ausbrechen und sie dann wegschicken würde, aber nichts dergleichen geschah. Statt sie auszulachen, musterte die Frau sie und nickte unmerklich.

„Haben Sie schon mal als Verkäuferin gearbeitet?"

„Nein, noch nie, aber ich würde es gern mal versuchen. Das Geschäft gefällt mir, und Ihre Sachen gefallen mir auch, Frau ... Frau ..."

„Stommers. Renate Stommers. Ich vertrete die Besitzerin, die leider zur Zeit erkrankt ist. Und wie ist Ihr Name?"

Andrea nannte ihn und schaute Renate erwartungsvoll an. Diese machte eine einladende Handbewegung und führte Andrea nach hinten ins Büro.

„Setzen Sie sich", forderte Renate sie freundlich auf und schaute ihr offen in die Augen. „Wir suchen jemanden, der mich für ein paar Stunden in der Woche entlastet. Frau Dauvermann musste ganz plötzlich ins Krankenhaus, und da bin ich hier für sie eingesprungen, weil sie keine andere Hilfe hatte. Ich habe aber selbst zwei Geschäfte, um die ich mich kümmern muss. Und deshalb ... Wann könnten Sie denn anfangen?"

Andrea spürte, wie sich ihre Kehle verengte, und wie ihr Herz gleichzeitig heftiger zu klopfen begann. Du hast den Job, hämmerte es in ihrem Kopf. „Nachmittags kann ich immer, und außerdem wohne ich ganz in der Nahe. Ich ... ich könnte sofort anfangen."

Renate nickte zufrieden. „Das klingt gut, Andrea. Wenn Sie wollen, zeige ich Ihnen erst mal alles. Es ist nicht besonders schwer, sich hier zurechtzufinden. Sie bräuchten nur ..."

Aufmerksam hörte Andrea zu, und als Renate sie zurück in den Verkaufsraum führte, konnte sie sich auch wieder voll und ganz konzentrieren. Über den Stundenlohn wurden sie sich ebenfalls schnell einig, und als Renate sie dann für vier Uhr zurückbestellte, glaubte Andrea, wie auf Wolken zu schweben. Alles war genau so gelaufen, wie Stefanie vorhergesagt hatte. Für sie war es wie ein kleines Wunder.

„Ich sehe schon, ich brauch nichts zu fragen", schmunzelte Stefanie, als sich Andrea eine halbe Stunde später wieder zu ihr gesellte.

„Es hat geklappt", jubelte Andrea außer sich vor Freude. „Ich bin tatsächlich engagiert, Stef." Rasch zog sie die Freundin mit sich und berichtete ihr haarklein, was Renate ihr alles erzählt hatte. „Und Robby kommt tatsächlich manchmal her", schloss sie ihren Bericht.

„Dann mach dich unentbehrlich, Andy. Zeig, was du kannst. Vielleicht behält dich Frau Dauvermann ja auch. Das wäre natürlich mehr als super."

„Ach herrje", stöhnte Andrea plötzlich und blieb wie angewurzelt stehen. „Und was sage ich zu Hause?"

„Oh", entfuhr es Stefanie, denn genau wie ihre Freundin hatte sie noch keine Sekunde an Andreas Eltern gedacht. Lange brauchte Stefanie nicht zu überlegen, dann hatte sie die beste Ausrede parat.

„Das ist doch echt nicht schlecht“, versicherte Andrea bereits zum zweiten Mal innerhalb weniger Minuten. „Und gleichzeitig tue ich ein gutes Werk.“

„Was fehlt dieser Frau Dauvermann denn?“, erkundigte sich ihre Mutter immer noch etwas misstrauisch.

„Ich weiß es nicht. Ich weiß bloß, dass sie schon eine ganze Weile im Krankenhaus liegt. Ihre Freundin hat bisher alles allein gemanagt, aber sie hat auch noch eigene Geschäfte. Mir tun die Dauvermanns wahnsinnig Leid, und weil Robert ja auch in unsere Schule geht, dachte ich, warum soll ich nicht ab und zu einspringen und aushelfen? Und dass ich dabei noch Geld verdiene, ist doch echt super.“

„Meinetwegen, aber eins bitte ich mir aus. Die Schule wird nicht vernachlässigt.“

„Keine Sorge, Mutti. Das verspreche ich dir. Es ist ja auch nicht für immer. Höchstens für ein paar Wochen oder so.“ Noch eine Weile schwärmte Andrea von der Boutique, gerade so, wie Stefanie ihr geraten hatte, und dann war alles in bester Ordnung. Ihre Mutter war einverstanden, und damit konnte das große Projekt, die Eroberung von Robert Dauvermann, endgültig beginnen. In ihrem Zimmer angekommen, machte sich Andrea sogleich daran, ihren Kleiderschrank zu durchforsten. Das, was in Frage kam, schaute sie sich ganz kritisch an. Sie wollte so gut wie nur möglich aussehen. Sie besaß zwar nicht übermäßig viele Kleider, aber doch genügend, um ständig kombinieren zu können. Während sie sich für ihren ersten Einsatz umzog, wanderten ihre Gedanken natürlich wieder zu Robby. Wenn sie Glück hatte, würde sie ihm vielleicht schon in wenigen Stunden gegenüberstehen. Vor diesem Moment fürchtete sie sich ebenso, wie sie ihn herbeisehnte. Robby! Ganz deutlich sah sie sein markantes Gesicht vor sich. Vor allem diese Augen, die das ganze Gesicht zu beherrschen schienen. Sie hatten eine sehr ausgefallene Farbe, ein intensives, seltsam anmutendes Blau. Und dann das Haar. Normalerweise legte sie nicht sonderlich viel Wert auf Frisuren, aber die von Robby gefiel ihr ausgesprochen gut. Vorn waren die Haare ziemlich kurz, aber hinten, im Nacken, waren sie unwahrscheinlich lang. Manchmal band er sie zusammen, aber oft ließ er sie auch offen, und das sah dann immer besonders süß aus. Der ganze Robby war toll, und sein Lächeln war sogar etwas ganz Besonderes. Kein Wunder, dass alle Mädchen verrückt nach ihm waren. Kein Junge war so wie er. Mit Widerwillen erinnerte sie sich an Tobias, der zwar auch recht gut aussah, aber eine miese Art hatte, die sie zum Schluss regelrecht zur Weißglut gebracht hatte. Und wehe, er tat den Mund auf. Meistens kam eh nur Unsinn heraus. Nein, ihr Robby war ein schöner prickelnder Traum, der die Fantasie anregte. Und plötzlich sah sie sich mit ihm, Hand in Hand.

„Ich liebe dich, Andy", hörte sie ihn sagen. „Und ich finde es toll, dass du uns hilfst. Meine Mutter und ich sind dir sehr dankbar."

„Ich tu es doch gern", würde sie erwidern. „Und sag deiner Mutter, dass ich ihr auch dann helfe, wenn sie wieder gesund ist."

„Das wäre natürlich ganz toll. Und außerdem sehen wir uns dann noch viel öfter. Gehst du am Wochenende mit mir aus?"

Andrea schloss die Augen, und schon sah sie sich mit ihm im *4 you* tanzen. Jeder würde sie beneiden, und Silke würde vor lauter Neid platzen. Nur mit Mühe riss sie sich aus diesem Tagtraum, von dem sie hoffte, dass er schon sehr bald in Erfüllung gehen würde. Rasch überprüfte sie das Make-up. Außer Wimperntusche hatte sie nur ein wenig Lippenstift aufgelegt. Weniger war mehr, pflegte ihre Mutter zu sagen, und in diesem Punkt hatte sie völlig Recht. Die anderen Mädchen schminkten sich immer viel zu aufdringlich. Diese Silke zum Beispiel. Die

Augen hatte sie dunkel umrahmt, und ihr Lidschatten war so dick, dass er sich ständig in der Lidfalte absetzte, und das sah nun wirklich nicht so toll aus. Erst als sich ihr Magen meldete, hielt Andrea inne. Sie war schrecklich hungrig, dennoch wagte sie es nicht, etwas zu essen. Hieß es nicht immer, ein verdorbener Magen musste zur Ruhe kommen? Nein, sie würde nichts essen, bloß schnell noch eine Tasse Tee trinken. Der würde das unangenehme Magenknurren auch vertreiben.

Punkt vier Uhr stieß sie die Eingangstür der Boutique wieder auf. Renate Stommers war gerade dabei, eine Kundin zu bedienen und nickte ihr leicht zu. Obwohl Andrea schrecklich nervös war, bemühte sie sich, nach außen ruhig und gelassen zu wirken. Aber als die Tür wieder aufging und eine neue Kundin eintrat, beschleunigte sich ihr Herzschlag drastisch. Renate Stommers machte ihr mit den Augen ein Zeichen, was wohl bedeuten sollte, dass sie sich um diese Kundin kümmern sollte, und genau das tat sie auch.

„Ich suche ein total irres Outfit“, sprudelte die junge Frau aufgeregt hervor. „Was ganz Ausgefallenes muss es sein, aber natürlich nicht zu teuer.“

Wo zum Teufel gab es hier etwas total Ausgefallenes? Zum Glück hatte Renate den Wunsch gehört und machte Andrea wieder entsprechende Zeichen.

„Kommen Sie bitte mit!“ Beherzt führte Andrea die Kundin in die angezeigte Richtung. Als sie die vielen Kleider sah, wurde sie prompt wieder ruhiger. „Das hier wäre etwas für Sie“, hörte sie sich sagen. Und prompt brach die Kundin in Entzücken aus.

„Hey, das ist echt super! Darf ich es mal anziehen?“

„Natürlich. Dort sind die Kabinen.“

Renate, die ihre Kundin mittlerweile verabschiedet hatte, kam eilig auf Andrea zu. „Gut machst du das“, flüsterte sie.

„Dort an der Wand findest du noch ein paar verrückte Kleider. Zeig sie ihr, ja?“ Renate ging zurück zur Kasse, behielt Andrea aber weiter im Auge. In der nächsten halben Stunde bekam Andrea eine Menge zu tun, aber mit jeder neuen Kundin fühlte sie sich ein wenig sicherer, und als Renate sich verabschiedete, war ihre Angst sogar völlig verflogen.

„Du machst dich gut“, lobte Renate. „Ich muss mal rasch weg, aber um halb sieben bin ich wieder hier. Sollte ich mich ein paar Minuten verspäten, schließ bitte schon ab.“

„In Ordnung, Frau Stommers“, versicherte Andrea stolz. Und schon kamen neue Kunden, denen man sich widmen musste. Die Zeit verging wie im Flug, und als Andrea zufällig auf die Uhr sah, erschrak sie. Drei Minuten nach halb sieben. Höchste Zeit, die Boutique zu schließen. Aufatmend lehnte sie sich mit dem Rücken gegen die Tür und schloss die Augen. Das war ja besser gelaufen als gedacht. Und verkauft hatte sie auch. Frau Stommers würde mit ihr zufrieden sein. Als Andrea die Augen wieder öffnete, traf sie fast der Schlag. Vor ihr stand kein anderer als Robby, und der musterte sie erstaunt!

„Mein Gott, hast du mich erschreckt“, entfuhr es ihr. „Wie bist du hier reingekommen?“

Robert lächelte sie entschuldigend an, ein Lächeln, das Andrea prompt noch mehr aus der Fassung brachte. „Durch die Hintertür. Ich hab Renates Schlüssel. Sie schafft es nicht mehr. Na, wie war’s denn?“

Andrea schluckte krampfhaft, während jeder Nerv in ihr zu flattern begann. „Gut“, murmelte sie heiser. „Sehr gut sogar. Ich ... ich hab aufgeschrieben, was ich verkauft habe. Vielleicht braucht Frau Stommers die Angaben.“

Robert, der sich nicht anmerken ließ, ob er sie wiedererkannt hatte, nickte und ging zur Theke. Nur flüchtig schaute er auf die Notizen und machte sich dann an der Kasse zu schaffen.

Andrea bemühte sich immer noch, ihre Unsicherheit zu bekämpfen. „Wie ... wie geht es deiner Mutter?“

Robert schaute erstaunt auf, und Andrea befürchtete schon, etwas Falsches gesagt zu haben. Nervös knetete sie ihre Finger und lächelte leicht.

„Ich ... ich hab gehört, sie ist krank“, murmelte sie.

„Ist sie, ja. Ich fahre gleich hin, aber zuerst muss ich die Kasse abrechnen. Sag mal, wie oft hilfst du bei uns aus?“

„Wann immer mich Frau Stommers braucht. Ich ... ich habe nachmittags meistens Zeit. Bloß donnerstags nicht, da hab ich eine AG in der Schule.“

Robert hielt wieder inne und schaute Andrea nachdenklich an. „Stimmt. Du bist ja bei mir in der Schule. Tut mir Leid, aber im ersten Moment hab ich dich nicht erkannt.“ Nachlässig strich er mit der Hand durch sein Haar. „Ich weiß manchmal nicht, wo mir der Kopf steht, weißt du? Das Geschäft haben wir noch nicht so lange, und als meine Mutter dann krank ... aber das interessiert dich bestimmt nicht.“

„Oh doch“, wandte Andrea eifrig ein. „Es tut mir sehr Leid, dass sie krank ist.“

Erstaunt musterte Robert sie erneut. „Kennst du sie denn?“

„Ja“, schwindelte Andrea, ohne zu zögern. „Ich habe sie ein paarmal gesehen, aber ich wusste nicht, dass sie deine Mutter ist.“

Robert lächelte und machte sich wieder an der Kasse zu schaffen. Sorgfältig legte er die Geldscheine zusammen. Das Wechselgeld blieb in der Kasse, die er abschloss. Schlüssel und Geld nahm er mit ins Büro und verstaute beides in dem kleinen altmodischen Tresor.

Plötzlich hielt Robert wieder inne und schaute Andrea über die Schulter hinweg an. „Wie geht das mit deiner Bezahlung? Kriegst du dein Geld täglich oder einmal in der Woche?“

„Das ist mir egal", sprudelte Andrea hervor. „Wir können auch Ende der Woche abrechnen."

„Dann schreib dir deine Stunden auf, ja? So, dann wollen wir mal."

Unwillkürlich begann Andreas Herz wieder schneller zu schlagen. Insgeheim hoffte sie, dass Robert sie bitten würde, mit ihm irgendwo etwas zu trinken, aber nachdem er die Eingangstür überprüft und den Hintereingang sorgfältig verschlossen hatte, lächelte er Andrea an.

„Dann bis demnächst. Und vielen Dank für deine Hilfe." Im nächsten Moment hatte er sich schon umgedreht und ging durch den schmalen Hof. Andrea blieb nichts anderes übrig, als ihm zu folgen. Die wenigen Schritte machten ihr große Mühe, denn plötzlich fühlten sich ihre Beine so weich an wie Pudding. Als sie auf die Straße trat, war weit und breit keine Spur von Robby. Ganz langsam schlenderte Andrea nach Hause.

Stefanie kam um acht. „Ich weiß jetzt alles", sprudelte sie aufgeregt hervor. Ihre Wangen waren vom schnellen Laufen gerötet, und ihre Augen blitzten nur so. „Robby arbeitet schon seit einer Ewigkeit für die Werbeagentur Hanisch. Als Kleinkind hat er sogar Werbung für Windeln gemacht. Was sagst du jetzt?"

Andrea, die sich endlich dazu gezwungen hatte, eine Kleinigkeit zu essen, seufzte: „Ich hab eben mit ihm geredet."

Augenblicklich verstummte Stefanie und musste sich erst einmal setzen. „Und?", fragte sie heiser.

„Er ... er hat mich zuerst nicht erkannt, aber dann fiel es ihm ein, dass ich auch in der Schule bin. Wir ... wir haben ein bisschen geredet. Mehr war nicht", gestand Andrea immer noch enttäuscht.

„Aber das ist doch schon super", machte Stefanie ihr Mut.

„Ich hätte bestimmt nicht gedacht, dass du ihn so schnell zu Gesicht bekommst."

„Ich war auch total baff", gestand Andrea. „Eigentlich hatte ich mit Frau Stommers gerechnet, aber dann stand er plötzlich vor mir. Einen Augenblick habe ich echt gedacht, mich trifft der Schlag, aber dann ging es doch ganz gut. Wir haben über seine Mutter geredet, und er hat gesagt, dass er wahnsinnig viel zu tun hat."

„Hat er auch", nahm Stefanie den Faden wieder auf. „Bastian kennt ihn von früher. Logo, dass ich ihn total ausgequetscht habe, und er hat mir auch alles erzählt. Das mit der Werbung hat mich echt fast vom Hocker gehauen. Stell dir vor, Robby ein männliches Model, und das schon seit vielen Jahren. Nicht zu fassen so was. Und kein Mensch hat eine Ahnung. Wenn ich die Jungs nicht zufällig ... was ist denn?"

Andrea presste die Hand wieder auf den Magen und lächelte verkrampft. „Essen scheint mir noch nicht zu bekommen."

„Vielleicht ist dir aber auch Robert auf den Magen geschlagen."

„Und was hat dieser Bastian sonst noch erzählt?"

„Nur dass Robby schon seit Jahren Werbung macht und dass er bei der neuen Show mit von der Partie ist. Du, die schauen wir uns aber auch an."

„Nun mal langsam. Bis dahin ist es noch ein Weilchen."

„Ich finde es jedenfalls irre." Stefanie setzte sich zu Andrea und zog die Beine an. „Ich stelle mir so etwas toll vor. Allerdings frage ich mich jetzt auch, weshalb keiner in der Schule was davon gemerkt hat. Ich meine, wenn man Werbung macht, dann zeigt man sie doch auch irgendwo. Ich hab Robby aber noch nie gesehen."

„Ich doch auch nicht, aber vielleicht haben wir bloß nie darauf geachtet. Wenn im Fernsehen Werbung kommt, schalte ich immer um. Ich ärgere mich nämlich zu Tode, dass immer sämtliche Sendungen unterbrochen werden."

„Im Fernsehen tritt er bestimmt nicht auf. Bastian sprach von Zeitungen und Broschüren. Er selbst hat mal Werbung für eine Bausparkasse gemacht."

„Und was wusste er sonst noch über Robby?"

„Nicht viel. Sie kennen sich ja nur aus der Agentur. Verdammt, Andy", unterbrach sie sich selbst, als sie bemerkte, dass Andrea schmerzhaft das Gesicht verzog und wieder an den Magen griff. „Hast du solche Schmerzen? Das ist doch nicht mehr normal."

„Bestimmt liegt es daran, weil ich eben was gegessen habe."

„Werd bloß nicht krank", mahnte Stefanie. „Sonst kannst du den Job womöglich vergessen."

„Keine Sorge. Den behalte ich", versicherte Andrea.

# 5. Kapitel

Nach einer Woche war Andrea noch keinen Schritt weitergekommen. Robby erschien zwar ab und zu in der Boutique und wechselte ein paar belanglose Worte mit ihr, aber dann verschwand er wieder. In der Schule hatte sich auch nichts geändert, außer, dass er sie jetzt immer anlächelte, wenn sie sich begegneten, aber ein Lächeln reichte Andrea nun mal nicht. Am Samstag war sie am Boden zerstört, und Stefanie hatte große Mühe, sie zumindest ein klein wenig aufzuheitern.

„Du musst halt ein bisschen Geduld haben“, redete sie ihr gut zu. „Was ist schon eine Woche?“

„Er mag mich nicht“, jammerte Andrea. „Das ist es. Ich kann tun, was ich will, es hilft nicht die Bohne. Wäre er bloß wie Frau Stommers. Die ist echt super.“

„Tja“, murmelte Stefanie, die allmählich auch mit ihrem Latein am Ende war, mitfühlend. „Und was ist mit seiner Mutter?“

„In zwei Wochen wird sie aus dem Krankenhaus entlassen. Bis dahin muss ich es geschafft haben, denn wer weiß? Vielleicht behält sie mich nicht.“

Aufmunternd tätschelte Stefanie ihr den Rücken. „Zwei

Wochen sind noch lange. Wer weiß, was bis dahin alles passiert."

Eine Weile schwiegen beide, jede tief in Gedanken versunken.

„Ich möchte zu gern wissen, warum Robby gestern und vorgestern nicht in der Schule war", brach Andrea das Schweigen.

„Krank war er nicht, denn sonst hättest du ihn ja nicht abends gesehen", sagte Stefanie. „An deiner Stelle hätte ich ihn einfach gefragt."

„Das wollte ich nicht, und außerdem ..." Andrea verdrehte die Augen und schaute die Freundin kläglich an. „Wenn er so vor mir steht, kann ich nicht mehr klar denken. Kaum ist er weg, dann fallen mir tausend Sachen ein, über die ich gern mit ihm geredet hätte."

„Nur nützt es dann leider nichts mehr." Plötzlich hielt Stefanie wieder inne und zog die Lippen zwischen die Zähne.

„Was ist?", fragte Andrea prompt nach.

Stefanie lächelte leicht. „Ich hab gerade an was gedacht. Vielleicht hat er in dieser Agentur gearbeitet. Hol doch mal das Telefonbuch."

Wie von der Tarantel gestochen sprang Andrea auf und holte das Buch von nebenan. Als sie es aufschlagen wollte, nahm Stefanie es ihr ungeduldig aus der Hand. Suchend glitten ihre Augen über die Spalten.

„Da ist es! Hanisch, Ruth. Kaiserstraße. Das ist doch ganz in unserer Nähe."

Erschrocken schaute Andrea erst die Freundin, dann das Buch an. „Dann hab ich mich neulich also doch nicht getäuscht." Aufgeregt zupfte sie an Stefanies Ärmel. „Du erinnerst dich doch noch an den Tag, an dem ich ihn beobachtet habe."

„Ja, und?"

„Ich hab gesehen, wie er in das Haus ging. Bestimmt hatte er da einen Job. Zu schade, dass ich nichts darüber weiß."

„Und wenn du diese Frau Stommers mal fragst?"

Andrea lächelte leicht. „Das werde ich auch. Gleich am Montag."

Stefanie legte das Telefonbuch zur Seite und schaute die Freundin versonnen an. „Du machst mir Sorgen, Andy. Warum gehst du nicht mal wieder aus, um auf andere Gedanken zu kommen?"

„Weil ich das nicht will", erwiderte Andrea unwirsch. „Auch wenn du es nicht glaubst, ich sitze gern hier."

„Und träumst von Robby", schnaubte Stefanie. „Du weißt gar nicht, was du da draußen alles verpasst."

„Ach nein?", höhnte Andrea. „Was denn?"

Stefanie kicherte. „Ich hab zurzeit so eine Art Glückssträhne. Ich lerne lauter nette Leute kennen. Mensch, Andy, komm doch mit. Wir treffen uns nachher alle im Malkasten. Bastian und Sunny kommen auch. Wer weiß, vielleicht erfährst du noch was über Robby?"

„Das glaub ich nicht. Nein, Stef, ich bleibe lieber hier. Ich mach noch die Aufgaben für die nächste Woche. Wenn Frau Stommers mich braucht, möchte ich zur Stelle sein."

„Aber doch nicht samstags", schimpfte Stefanie. „Aufgaben kannst du auch noch morgen machen." Aber sosehr sie auch bettelte, Andrea blieb stur.

„Und was jetzt?" Nervös fuhr sich Robert mit beiden Händen durchs Haar.

Paul stöhnte unterdrückt und schaltete den Anrufbeantworter noch einmal ein.

„Körner hier", drang die schnarrende Stimme des Mathelehrers aus dem kleinen Lautsprecher. „Ich muss mit Ihnen reden, Robert. Rufen Sie mich sofort zurück."

„Von wann ist der Anruf?", wollte Paul wissen.

Robert zuckte mit den Schultern. „Von gestern, denke ich. Es war schon ziemlich spät, als ich nach Hause kam.“

„Dann solltest du dich aber unbedingt heute melden. Ruf diesen Waldheini an und sage ihm, du lägest krank im Bett.“

„Das kann ich nicht. Außerdem würde er mir das nicht abkaufen. Krank! Hast du eine bessere Ausrede auf Lager?“

„Dann sag ihm endlich die Wahrheit, notfalls sogar die ganze. Du kannst es nicht riskieren, ihn zum Feind zu haben. Wir behalten den Typ auch noch im nächsten Jahr. Vergiss das nicht.“

„Ausgerechnet Körner. Jeder andere Pauker wäre mir egal, aber er ...“

„Was ist denn an ihm so besonders?“, wunderte sich Paul.

„Hast du schon vergessen, wie er sich damals auf der Klassenfahrt über Models ausgelassen hat?“

Verständnislos musterte Paul den Freund. „Daran erinnere ich mich nicht.“

„Aber ich. Ich weiß nicht mehr, welches der Mädchen davon angefangen hat, über Models zu reden. Jedenfalls hat Körner prompt seinen Senf dazugegeben. Weibliche Models sind in seinen Augen bessere Prostituierte, und männliche hat er als schwule Nichtstuer bezeichnet. Kannst du dir vorstellen, wie er darauf reagiert, wenn ich ihm sage, was ich Donnerstag und Freitag gemacht habe?“

„Vielleicht hat er es damals gar nicht so gemeint. Und außerdem bist du ja kein professionelles Model, sondern machst das bloß ab und zu, um Geld zu verdienen. Erklär ihm den Sachverhalt. Wenn er erfährt, dass es euch finanziell nicht gerade rosig geht ...“

„Du spinnst wohl, Mann. Das geht keinen etwas an“, entgegnete Robert kalt. „Und einen Pauker erst recht nicht. Soll er glauben, was er will.“ Robert atmete mehrmals tief ein und aus und griff dann entschlossen zum Hörer. Mitleidig bemerkte Paul, dass Roberts Hand, die den Hörer umklammerte, leicht zitterte. Und Robbys Stimme klang auch seltsam belegt, als er sich meldete.

„Robert Dauvermann hier. Es tut mir Leid, dass ich die Klausur versäumt habe, Herr Körner, und ich wäre dankbar, wenn ich sie so schnell wie möglich nachschreiben könnte."

„Nachschreiben?", polterte Körner so laut los, dass sogar Paul ihn hören konnte. „Die kommende Woche ist bereits verplant, aber das hab ich Ihnen ja schon gesagt. Ich hoffe für Sie, dass Sie einen triftigen Grund hatten, wieder zu fehlen."

Robert schluckte. „Ich ... ich musste ins Krankenhaus, Herr Körner", schwindelte er. „Ich habe Ihnen bereits gesagt, dass meine momentane Lage ziemlich schwierig ist."

„Und sie wird noch schwieriger, Dauvermann", tobte Körner weiter. „Verlassen Sie sich darauf. Ihr Verhalten ist im höchsten Maß unkameradschaftlich."

„Es tut mir Leid, aber meine Mutter geht vor."

Paul verdrehte die Augen und machte Robert verzweifelt Zeichen, aber dieser achtete nicht darauf.

„Wie Sie wollen. In der nächsten Woche geht es jedenfalls nicht." Ein paar Sekunden hielt Körner inne, aber dann fuhr er ärgerlich fort. „Ich erwarte Sie am zweiundzwanzigsten Punkt acht in der Aula."

Robert stöhnte und legte auf. „Ein freundlicher Mensch", höhnte er.

„Verdammt, sag ihm endlich die Wahrheit. Jeder muss Geld verdienen. Er doch auch."

„Das ist aber etwas anderes. Ich werde versuchen, meine Termine so zu legen, dass ich normal zur Schule gehen kann. Ich hab schon mit Ruth darüber gesprochen."

„Bis zum nächsten Mal", orakelte Paul betrübt. „Dann

kriegst du wieder ein tolles Angebot, und dann geht das alles von vorne los. Glaube mir, Robby, wenn du so weitermachst, kannst du dein Abi in den Wind schreiben. Körner ist schon lange an der Penne, und was er sagt, hat Gewicht."

„Lass uns was trinken", bat Robert „Und danach fahre ich noch mal ins Krankenhaus."

„Mutsch", schrie Robert unterdrückt auf, als er an das Krankenbett trat. Die Wangen seiner Mutter waren gerötet, und ihre Augen glänzten wie im Fieber.

„Hallo, Sohn", grüßte Marlene Dauvermann schwach. „Setz dich zu mir, Robby."

„Was ist passiert, Mutsch? Warum glühst du so?"

„Ich hab mich ein wenig aufgeregt. Das ist alles. Kein Grund, sich Sorgen zu machen."

Robert setzte sich vorsichtig auf die Bettkante und nahm die heißen Hände der Mutter in seine. „Was war denn los?"

„Renate war eben hier. Wir haben über das Geschäft geredet. Ich fürchte, sie hat ganz Recht. Ich sollte schnellstens verkaufen."

Robert stöhnte. „Nun warte doch erst mal ab, Mutsch. Du darfst dich nicht so aufregen. Renate hat mir auch davon erzählt, und ich denke, wir sollten jetzt nichts überstürzen. Wenn du erst wieder gesund bist ..."

„Ändert sich auch nichts", unterbrach ihn seine Mutter und schluchzte leise. „Renate weiß, wovon sie spricht. Schließlich besitzt sie eigene Läden, und die sind alle rentabel, was man von meinem nicht behaupten kann." Traurig deutete sie mit dem Kopf auf das Nachtschränkchen. „Sie hat sich große Mühe gegeben und mir alles aufgelistet. Es dauert noch mindestens zwei, drei Jahre, bis wir richtig was verdienen, sodass sich der ganze Aufwand auch lohnt."

„Mutsch, zwei Jahre haben wir doch schon hinter uns."

Marlene schaute ihn aus tränenumflorten Augen an. „Ohne dein Geld hätten wir aber nicht überleben können", erklärte sie. „Robby, früher habe ich deine Gagen immer auf dein Sparbuch einzahlen können. Und jetzt ..."

„Nun mach dich doch nicht verrückt", konterte er ungehalten. „Verdammt, Mutsch, wir beide ziehen doch an einem Strang. Auf meinem Sparbuch ist noch genug Geld. Warum soll ich zur Abwechslung nicht mal für dich sorgen? Du hast dich doch auch immer um mich gekümmert. Wenn du dein Geschäft behalten willst, behalte es. Wir kommen schon über die Runden."

„Ich kann dir das aber nicht mehr zumuten", murmelte Marlene kaum hörbar.

„Wichtig ist, was du willst, Mutsch", beschwor Robert sie weiter. „Ich komme ganz gut klar. Wie oft soll ich dir noch sagen, dass mir der Job Spaß macht? Du brauchst nichts zu überstürzen", wiederholte er liebevoll und wechselte schnellstens das Thema. „Bleibt es denn nun bei deinem Entlassungstermin?"

„Ich hoffe, ja. Ich möchte unbedingt wieder nach Hause. Da fällt mir ein, was ist das eigentlich für ein Mädchen, von dem Renate eben gesprochen hat?"

„Sie heißt Andrea. Sie ist bei mir in der Schule. In der Zehn, glaube ich. Ich war auch ziemlich baff, als sie plötzlich vor mir stand, aber Renate findet, dass sie sich recht gut macht."

„Vielleicht kann sie mir in der ersten Zeit noch ein wenig helfen. Ich soll es ja nicht übertreiben", fügte sie zaghaft lächelnd hinzu.

Robert nickte zustimmend. Plötzlich erhellte sich sein Gesicht. „Sie hilft dir auch ohne Bezahlung", schwindelte er. „Das haben wir schon abgesprochen." Im selben Moment bereute er seine voreiligen Worte schon.

„Ohne Bezahlung?“, wiederholte seine Mutter irritiert. „Warum denn?“

„Weil du dich schonen musst. Und wehe, du bist nicht gehorsam. Sei sicher, dass ich auf dich aufpasse.“

„Weich mir nicht aus, Sohn. Warum will sie kein Geld?“

„Weil ... weil sie erstens sehr nett ist, und weil ich ihr versprochen habe, ein gutes Wort für sie bei Ruth einzulegen“, redete er sich heraus, und mit dieser Ausrede schien sich seine Mutter zufrieden zu geben.

„Mir soll es recht sein. Ach, Robby. Ich wünschte, ich wäre wieder bei dir.“

„Das bist du doch bald. Was sind schon ein paar Tage?“

Eine Weile redeten sie noch über Belangloses, aber dann erschien Schwester Ingrid und beendete den Besuch.

Wie ein gefangener Tiger lief Robert in seinem kleinen Zimmer auf und ab. Da hatte er sich ja was Schönes eingebrockt! Wie hatte er bloß solch einen Unsinn verzapfen können? Er kannte Andrea kaum. Gut, das mit der Bezahlung konnte er notfalls hinbiegen, aber was war, wenn seine Mutter sie auf den Job bei Ruth ansprechen würde? Andrea hatte nie verlauten lassen, dass sie gern für Ruth gearbeitet hätte. Sie kannte sie ja wahrscheinlich nicht einmal. Ärgerlich hieb er mit der Faust auf den unschuldigen Schreibtisch ein, aber Erleichterung brachte ihm das auch nicht. Paul, schoss es ihm durch den Kopf. Er musste mit ihm reden. Auf dem Weg zu seinem Freund fiel ihm ein, dass Paul der einzige Mensch in seinem Leben war, mit dem er offen über alles reden konnte. Andere Freunde hatte er nicht, bloß ein paar flüchtige Bekannte. Plötzlich musste er wieder an früher denken. Damals war alles so ganz anders gewesen. Er hatte eine Menge Freunde gehabt, die bei ihnen zu Hause aus- und eingegangen waren, aber nach der Scheidung hatte er ein paar empfindliche Enttäuschungen hinnehmen müssen, was seine so genannten Freunde anbetraf. Die meisten hatten hinter seinem Rücken über ihn gelacht. Und weil er damals sehr knapp bei Kasse gewesen war, hatten sie ihn noch mehr verspottet. Und deshalb hatte er sogar die Schule gewechselt. Seither hatte er sich keinem mehr angeschlossen, bloß Paul, der von der ersten Sekunde an nett zu ihm gewesen war. Robert erinnerte sich noch gut an seinen ersten Schultag. Paul hatte ihn neugierig gemustert, und dann hatte er ihn in die Seite geknufft.

„Okay, Kumpel, dann mal los. Ich zeig dir schnell, in welchem Irrenhaus du hier gelandet bist", hatte er gesagt.

Ein Irrenhaus war das Zentral-Gymnasium zwar nicht, aber auch kein Ort zum Wohlfühlen. Und daran war die Cliquenbildung schuld. Cliquen, zu denen ein Außenseiter nur schwer Zugang fand. Paul war, obwohl er seit der Fünften das Zentral-Gymnasium besuchte, immer ein Außenseiter geblieben. Genau wie Robert hatte Paul auch schon ein paar schlechte Erfahrungen in Bezug auf Freunde gemacht, und so gesehen, waren sie ein perfektes Gespann. Und doch hatte er Paul gegenüber die Agentur anfangs auch nicht erwähnt. Das hatte sich erst später ergeben. Nach der Scheidung hatte er wieder öfter für Ruth gearbeitet, fast so wie früher als kleines Kind. Robert lächelte leicht, als er daran dachte, dass er sein erstes Engagement nicht einmal richtig mitbekommen hatte. Damals war er noch ein Baby gewesen. Später dann hatte Ruth ihn öfter geholt, um als Model für Kinderkleidung zu posieren. Damals war Ruth noch bei einer renommierten Werbefirma angestellt gewesen. Erst als er so zehn oder elf gewesen war, hatte sie sich selbstständig gemacht. Und seither gehörte er zum festen Stamm der Agentur. Es war schon rührend, wie Ruth sich seit der Scheidung für ihn und seine Mutter eingesetzt hatte. Und sie konnten das Zubrot auch gut brauchen, denn ohne die Gagen hätten sie es kaum geschafft, einigermaßen über die Runden zu kommen. Beim Thema Geld wanderten seine Gedanken wie von selbst zu seinem Vater, der wohl keinen blassen Schimmer hatte, wie sehr sich seine ehemalige Familie anstrengen musste. Als das Gesicht von Wolfgang Dauvermann vor seinem geistigen Auge erschien, blinzelte Robert das Bild rasch weg. Nein, an seinen Vater wollte er nicht denken, und sehen wollte er ihn auch nie wieder. Wozu auch? Inzwischen hatte der eine neue Familie.

Spöttisch dachte Robert an die schöne Patricia, die sein Vater damals bei Ruth kennen gelernt hatte. Pat war eine Schönheit, zweifellos. Sie war aber auch berechnend und hatte dem erfolgreichen Geschäftsmann sofort den Kopf verdreht. Und sein Vater war natürlich eitel genug, sich von einem jungen Mädchen becircen zu lassen. Zum Glück war Robert inzwischen vor Pauls Haus angekommen, sodass er die Gedanken an seinen Vater nicht weiterverfolgen konnte.

„Duuu?“, wunderte sich Paul, als er Robert einließ. „Ist was passiert?“

Robert verzog das Gesicht. „Ich hab mal wieder Mist gebaut, Kumpel.“ Rasch erzählte er, worüber er mit seiner Mutter gesprochen hatte, und Paul hörte ihm aufmerksam zu. „Und jetzt überlege ich mir natürlich, was ich machen soll.“

„Du hast doch nicht ernsthaft geglaubt, dass diese Andrea dir ohne Bezahlung hilft?“

„Nein, das nicht. Es ist so, ich wollte mit ihr abrechnen, verstehst du? Ich wollte sie von meinem Geld bezahlen. Die Boutique wirft doch eh nicht genug ab. Und eine Aushilfe ...“

„Ja, okay, aber dennoch musst du diesem Mädchen die Wahrheit sagen. Stell dir vor, sie verplappert sich mal.“

Roberts Blick ging an Paul vorbei zum Fenster hinaus. In der Dunkelheit schimmerten die vielen Lichter in den Häusern wie winzige Sterne.

„Mutsch soll nichts davon wissen. Ich ... ich möchte, dass sie ihre Boutique behält, Paul. Sie hängt so sehr daran. Wie sehr, ist mir eben wieder so richtig klar geworden. Sie war schrecklich aufgeregt. Sie sah aus, als hätte sie Fieber. Weißt du, ich denke, wenn sie das Geschäft aufgeben muss, sieht sie es wie eine persönliche Niederlage an. Sie hat sich so viel davon versprochen, und deshalb würde ich wirklich alles tun, damit sie den Laden behalten kann."

„Dann sprich mit der Kleinen", riet Paul erneut.

„Dann ... dann muss ich ihr aber alles sagen", murmelte Robert leise. „Auch das mit Ruth. Und was ist, wenn diese Andrea hingeht und alles ausposaunt?"

„Ach so. Tja, damit musst du rechnen. Weißt du was? Noch ist ja etwas Zeit. Was hältst du davon, wenn wir zwei sie mal ein bisschen beschnuppern?"

„Versuchen können wir es."

„Und wenn wir meinen, wir können ihr nicht trauen, siehst du dich halt nach einer anderen Aushilfe um. Na klar, Mann. Es ist ganz einfach." Paul schlug sich mit der flachen Hand an die Stirn. „Ich bin auch schon blöd. Warum hab ich nicht sofort daran gedacht? Du engagierst einfach eine andere."

„Das ist aber auch unfair", hielt Robert dagegen. „Diese Andrea scheint sehr nett zu sein. Und mit den Kunden kommt sie auch toll zurecht. Wir sollten es einfach probieren."

„Dann packen wir es an. Du hast doch ihre Telefonnummer, oder?"

„Im Geschäft, ja."

„Wir rufen die Kleine morgen an, und dann sehen wir weiter."

Etwas beruhigter lehnte Robert sich zurück. „Ich wusste doch, dir fällt immer was ein."

# 6. Kapitel

Nachdenklich schaute Andrea auf ihr Englischheft, das sie gestern nach über einer Woche zurückbekommen hatte. Jens und Stefanie hatten tatsächlich Recht gehabt. Statt einer Fünf hatte die Wolters ihr noch eine Vier gegeben, und das war mehr, als sie erwartet hatte. Sorgfältig erledigte sie die Berichtigung, und damit hatte sie alle Arbeiten, die sie für die kommende Woche erledigen konnte, gemacht. Wieder schaute Andrea auf ihre Uhr, aber die Zeiger bewegten sich wie im Schneckentempo voran. Jetzt tat es ihr doch Leid, dass sie Stefanies Angebot, mit ihr und den anderen in den Malkasten zu gehen, abgelehnt hatte. Das wäre in jedem Fall besser gewesen, als zu Hause herumzusitzen und Trübsal zu blasen. Energisch schob sie die am Montag nicht benötigten Hefte und Bücher zusammen und legte sie in die unterste Schreibtischschublade. Sie würde doch noch ausgehen, notfalls sogar allein. Und wenn sie unterwegs keinen traf, den sie kannte, hatte sie halt einen Spaziergang gemacht. Andrea stand auf und zog sich rasch um. Jeans und Shirt sowie ihre kurze Lederjacke reichten völlig.

„Ich lauf noch mal rasch zu Stefanie“, verabschiedete sie sich von ihren Eltern, die Fernsehen guckten.

„Komm nicht zu spät, Kind“, rief ihre Mutter ihr noch nach, aber da war Andrea schon an der Tür. Als sie hinaus auf die Straße trat, musste sie prompt wieder an Robby denken. Was er jetzt wohl machte? Ohne lange nachzudenken, schlug sie den Weg zur Boutique ein. Die Schaufenster waren hell erleuchtet, während der Verkaufsraum im Dunkeln lag. Ein paar Augenblicke blieb sie stehen und besah sich die Auslagen. In den wenigen Tagen hatte sie sich schon gut eingelebt. Und ohne Robby hätte ihr der Job vielleicht sogar noch mehr Spaß gemacht. Ich sollte mich später auch mal selbstständig machen, überlegte sie, während sie langsam weiterschlenderte. Bis zu Robbys Wohnung war es nicht weit. Sie wurde den kleinen Umweg in Kauf nehmen und mal nachschauen, ob bei ihm Licht brannte. Unbewusst beschleunigte sie ihre Schritte. Schon von weitem sah sie, dass die Wohnung nicht erleuchtet war, also war Robby auch nicht zu Hause.

„Andrea, huhu!“ Im nächsten Moment packte jemand sie am Arm.

Erstaunt schaute Andrea sich um. Jens stand vor ihr und strahlte sie an.

„Toll, dich zu sehen. Möchtest du vielleicht ein Eis?“

„Eis?“, wiederholte Andrea irritiert.

„Ich hab schon eins verputzt“, fuhr Jens eifrig fort und deutete auf den kleinen runden Tisch, an dem er gesessen hatte. „Das Eis hier ist das beste in der ganzen Stadt. Ich bin froh, dass sie die Tische wieder nach draußen gestellt haben. Hier sieht man wenigstens was. Was machst du eigentlich hier? Und wo ist deine Freundin?“ Noch bevor Andrea protestieren konnte, hatte er sie an den Tisch geführt, an dem sie vor ein paar Tagen auch gesessen hatte.

„Ich mag aber kein Eis“, wehrte sich Andrea spröde. „Und außerdem hab ich kein Geld dabei.“

„Macht nichts. Ich lade dich ein. Was hättest du gern? Eine Cola oder einen Milch-Shake?“ Eilfertig reichte er ihr die kleine Speisekarte. Andrea schaute auf die bunten Abbildungen der verschiedenen Eisbecher, und prompt drehte sich ihr der Magen. „Eine Cola“, murmelte sie und schob die Karte angewidert beiseite.

„Wie du willst, aber nun erzähl mal! Was machst du hier?“

Andrea seufzte und schaute unwillkürlich zu Robbys Haus hin. „Nichts. Ich bin bloß ein bisschen rumgelaufen.“

„Du hättest mit mir ins Kino gehen sollen. Ich ...“

„Bitte, Jens, nicht. Ich mag keine Filme, und wenn du noch so oft darüber redest. Übrigens, ich hab doch noch eine Vier in Englisch bekommen.“

Jens dachte einen Moment nach, aber dann erinnerte er sich wieder. „Siehst du. Ich hab's dir doch gleich gesagt. Du solltest immer auf mich hören“, fügte er augenzwinkernd hinzu. „In solchen Dingen kenne ich mich aus.“

„Immer?“, wiederholte Andrea spöttisch. „So oft reden wir doch gar nicht miteinander.“

Jens beugte sich vor, so weit, dass sein Atem Andrea streifte. Er roch nach Eis, und das war ihr sehr unangenehm.

„Das liegt aber nur an dir. Wenn es nach mir ginge, würden wir uns so oft wie möglich sehen.“ Er hielt kurz inne, schien nachzudenken und tastete vorsichtig nach ihrer Hand. „Ich mag dich gern, Andy. Und ich glaube, wir beide würden uns auch toll vertragen.“

Ärgerlich zog Andrea ihre Hand zurück, aber Jens hielt sie fest.

„Nicht“, bat er leise. „Ich wünsche mir schon so lange, einmal mit dir auszugehen. Warum weichst du mir immer aus?“

Andrea lächelte schwach. „Weil ... Mensch, Jens, versteh doch, ich mag einfach nicht.“

„Du kennst mich doch gar nicht, jedenfalls nicht wirklich. Ich wäre nicht so wie Tobias“, sprudelte er hastig hervor. „Ich finde es richtig gemein, was er macht.“

Andrea spürte, wie ihr das Blut in die Wangen schoss. „Was ... was meinst du?“

Jens lächelte sie lieb an. „Er erzählt jedem, wie du ...“ Verlegen schaute er an ihr vorbei. „Du kannst dir sicher denken, was er herumtratscht. Er gibt ja immer mit seinen Mädchen an.“ Beschwörend schaute er Andrea wieder an. „Was war, ist vorbei. Ich meine, es macht mir nichts aus, dass du und er ... Na, du weißt schon.“

„Du ... du redest in Rätseln“, stammelte Andrea tief betroffen. „Was erzählt er?“

Und jetzt ließ Jens ihre Hand sogar freiwillig los und senkte den Kopf. „Er hat bestimmt übertrieben. Ich meine, ich kann mir echt nicht vorstellen, dass du mit jedem Typ ins Bett gehst. Das passt nicht zu dir, und deshalb ...“

Andrea verschluckte sich und musste husten. Erschrocken schaute Jens wieder auf und klopfte ihr fürsorglich auf den Rücken. Andrea traten die Tränen in die Augen.

„Dieser Mistkerl“, keuchte sie fassungslos. „Ich hab nicht mit ihm ...“ Wieder wurde sie von einem Hustenanfall geschüttelt. Als sie wieder zu Atem kam, räusperte sie sich energisch. „Und das hat er behauptet?“, erkundigte sie sich wütend.

Jens nickte. „Ja, ich hab’s selbst gehört.“

„Und wem hat er das alles erzählt?“, forschte Andrea weiter.

Jens hob die Schultern und ließ sie wieder fallen. „Ich kann mich nicht mehr so genau daran erinnern. Ich weiß nur, dass seine Clique dabei war, ja, und ein paar aus der Oberstufe.“

„Ich kann es nicht glauben“, fauchte Andrea. „So ein Idiot. Ich hab ihm eine gescheuert, als er mir an die Wäsche wollte.“

Jens hob die Augenbrauen. „Dann ist es also gelogen?“

„Das fragst du noch? Ich wäre schön blöd, mich mit Tobias einzulassen. Außerdem hab ich schon einen Freund“, fügte sie wütend hinzu.

Jens’ Gesichtsausdruck veränderte sich drastisch. Einen Moment sah es so aus, als würden seine Augen aus den Höhlen fallen, gleichzeitig wechselte er die Farbe. „Verstehe“, presste er endlich zwischen den Zähnen hervor. „Dann ... dann ist das also der Grund, weshalb du mich ständig abwimmelst.“

Andrea atmete tief ein und war froh, dass ihr diese Ausrede noch eingefallen war. „Ja, Jens. Es hat echt keinen Zweck.“

„Kenne ich den Typ?“

„Nein“, schwindelte sie weiter. „Er ... er geht nicht mehr zur Schule.“

„Nicht? Aber ich dachte ...“ Was er dachte, gab er nicht preis, aber plötzlich erinnerte sich Andrea wieder daran, dass er wahrscheinlich ihr Gespräch mit Stefanie belauscht hatte.

„Du dachtest, es wäre Robby, nicht wahr? Mein Freund heißt zwar auch Robby, aber du kennst ihn nicht.“

Jens wurde flammend rot und starrte verlegen zu Boden. „Wie kommst du denn jetzt darauf?“

„Ich weiß es“, behauptete Andrea kühn, verzichtete dann aber darauf, weitere Vermutungen anzustellen. „Mein Freund arbeitet in der Werbebranche“, log sie weiter. „Er ist sehr nett, aber leider hat er nicht so viel Zeit, wie wir uns das wünschen.“

„Werbebranche?“, echote Jens sichtbar beeindruckt. „Dann ist er also schon älter?“

„Nein. Er ist etwas über achtzehn, aber er macht schon lange Werbung.“

Jens brauchte ein paar Minuten, um diese Neuigkeit zu verdauen. Interessiert beugte er sich vor. „Was macht er denn da? Entwirft er die Texte oder so?“

Da Andrea nicht sonderlich viel Ahnung hatte, rief sie sich

rasch das Wenige in Erinnerung, das Stefanie ihr erzählt hatte. „Nein, er lässt sich fotografieren und so. Du kennst doch die Werbungen in den Zeitschriften. Er hat auch schon mal für eine Bausparkasse geworben. Solche Sachen, verstehst du?"

Jens war sichtlich erleichtert, als die Kellnerin an den Tisch kam.

„Eine Cola, bitte", bestellte Andrea.

„Und für mich noch ein gemischtes Eis", murmelte Jens.

„Das mit Tobias ist ein dicker Hund", nahm Andrea den Faden wieder auf. „Ich schnapp ihn mir am Montag, und dann kann er was erleben."

„Bloß nicht. Und außerdem, was erreichst du damit?"

Heftig stieß Andrea den Atem aus. „Ich kann es nun mal nicht ab, wenn solche Typen über mich herziehen."

„Ja, schon, aber was willst du dagegen unternehmen?"

„Das wirst du schon sehen", gab sie an, obwohl sie in Wirklichkeit noch keine Ahnung hatte, was sie Tobias sagen würde.

Jens schien sich nicht mehr besonders wohl in seiner Haut zu fühlen und rutschte nervös auf seinem Stuhl hin und her. „Rühr nicht darin herum. Das ist schon ein Weilchen her", versuchte er, sie zu beschwichtigen. Verlegen schaute er sich um. Plötzlich verengten sich seine Augen. „Da kommt Robby, der Traum aller Mädchen. Ich verstehe nicht, was die Weiber an ihm finden."

Und jetzt wäre Andrea am liebsten im Boden versunken. Warum hatte sie Jens' Einladung angenommen? Warum war er ihr überhaupt begegnet? Im nächsten Augenblick hatte Robert sie ebenfalls entdeckt. Er lächelte, wie er sie immer anlächelte, wenn sie sich trafen. Mehr noch. Ausgerechnet heute blieb er bei ihr stehen.

„Hallo, Andrea", grüßte er und nickte flüchtig in Jens' Richtung.

„Hi, Robby. Gehst du wieder zu deiner Mutter?“ erkundigte sie sich verlegen.

„Nein, da war ich schon.“ Sekundenlang schaute er sie nachdenklich an. Dann huschte ein weiteres Lächeln über sein Gesicht, und Andrea hätte alles dafür gegeben zu wissen, was er jetzt dachte. Sie konnte ja nicht ahnen, dass Robert ihr zufälliges Treffen als eine Fügung des Schicksals ansah. Nun brauchte er nicht mehr bis morgen zu warten, um sie anzurufen. Mit ein wenig Glück konnte er sich gleich hier mit ihr für morgen verabreden. Zu dumm, dass dieser Typ neben ihr saß. Irgendwie musste er sie dazu bringen, mit ihm zu gehen.

„Ich muss noch mal ins Geschäft. Renate hat eben angerufen. Sie sprach von einer Zeitschaltuhr, die sie wahrscheinlich falsch eingestellt hat.“

„Ja, die für die Leuchtreklame und für die Schaufensterbeleuchtung. Was ist denn damit?“

Roberts Lächeln wurde noch eine Spur intensiver. „Renate glaubt, sie hätte vergessen, sie richtig einzustellen, sodass das Licht die ganze Nacht durch brennt. Du kennst sie ja.“

„Das ... das wäre ja auch die reinste Geldverschwendung“, stotterte Andrea und schaute rasch zu Jens hin, der die Unterhaltung reichlich verwundert verfolgte. Frag mich, ob ich mitkomme, flehte sie im Stillen, aber daran schien Robby leider nicht zu denken. Andrea schluckte trocken.

„Weißt du, wo die Uhr ist?“ Aus Angst, dass er die Frage bejahen könnte, sprang Andrea auf und fingerte nervös in den Taschen ihrer Lederjacke. „Weißt du was? Ich komme schnell mit. Ich wollte sowieso nach Hause, und da ist es kein Umweg für mich“, sprudelte sie schnell heraus. „Verdammt! Ich hab kein Portmonee dabei.“

Robert schaute auf die Cola, die noch fast unberührt auf dem Tischchen stand. „War das alles?“

„Das übernehme ich", mischte sich Jens endlich ein.

Unschlüssig schaute Robert die beiden an. Jens schien sich gestört zu fühlen, während Andrea reichlich nervös wirkte.

„Ich gebe dir das Geld am Montag zurück, Jens", nuschelte Andrea und wandte sich zum Gehen.

„Bis dann", grüßte Robert und beeilte sich, ihr zu folgen. „Wenn ich dich gestört habe, tut es mir Leid", begann er zögernd, aber Andrea lachte nur.

„Du hast nicht gestört, im Gegenteil. Ich wollte wirklich gehen."

„Ich dachte ja nur."

Ängstlich schaute Andrea aus den Augenwinkeln zu Robert hin. Er ging wirklich und wahrhaftig neben ihr, fast so, wie sie es sich immer erträumt hatte. Schnell überlegte sie, ob sie ihn nicht darüber aufklären sollte, dass sie Jens nur zufällig getroffen hatte. Womöglich dachte er jetzt, dass sie und Jens zusammen waren. Lass das bloß, mahnte ihre innere Stimme. Benimm dich ganz unauffällig, hörst du? Aber wie benahm man sich unauffällig, wenn der Traumprinz, nach dem man sich schon so lange sehnte, endlich da war?

„Jens ist nett", brach Robert das Schweigen plötzlich.

Andrea verschluckte sich fast. Also doch, dachte sie traurig. „Ich ... ich weiß nicht", stammelte sie und überlegte fieberhaft, was sie noch sagen sollte. „Er ... er ist nicht mein Freund, wenn du das denkst. Ich hab einen anderen", hörte sie sich zu ihrem eigenen Entsetzen sagen.

Robert lachte leise, ein Lachen, das Andrea kleine Schauer über den Rücken jagte. Am liebsten hätte sie jetzt und hier alles aufgeklärt, aber womöglich machte sie damit alles nur noch schlimmer.

„Gefällt es dir bei uns?", wechselte Robert zum Glück das Thema.

„Ja, doch, natürlich“, stammelte Andrea reichlich ratlos. „Die Boutique ist toll, und Frau Stommers ist sehr nett.“

„Renate mag dich auch gern“, erwiderte Robert.

Andrea atmete tief durch, während sie gleichzeitig um Erleuchtung betete. Da hatte sie mal die Chance, allein mit ihm zu sein, und brachte keinen gescheiten Satz hervor.

„Sag mal, in welcher Stufe bist du eigentlich?“, fragte Robert weiter.

„Noch in der Zehn.“

„Ich hab's zum Glück bald geschafft. Das heißt, wenn ich nicht noch eine Ehrenrunde drehe.“

„Stehst du denn schlecht?“

„Das nicht, aber ich hatte etwas Ärger wegen einer Klausur. Vielleicht kennst du Körner ja auch. Er ...“

„Ich hab's gehört“, sprudelte Andrea schon wieder hervor, ohne nachzudenken. „Du hast ein paar Kurse versäumt, und das hat Körner mächtig geärgert.“

„Ja, das stimmt“, wunderte sich Robert. „Und die letzte Klausur hab ich zu allem Überfluss auch noch verpasst. Das hat ihn natürlich noch mehr in Rage gebracht. Körner hat deshalb sogar schon bei uns zu Hause angerufen. Ein Glück, dass außer mir keiner da war. Meine Mutter hätte sich bestimmt tierisch aufgeregt. Sie will unbedingt, dass ich Abi mache.“

„Das wollen wohl alle Eltern. Dabei wäre ich viel lieber nach der Zehn gegangen. Der Job bei euch gefällt mir wirklich sehr gut. Ich hab mir sogar schon überlegt, ob ich später nicht mal so ein Geschäft kaufe.“

„Bloß nicht. Es ist nicht so einfach, wie du glaubst.“

„Warum sagst du das? Eures läuft doch aber gut.“

Robert warf ihr einen schnellen Blick zu, und da Andrea auch gerade zu ihm hinschaute, trafen sich ihre Blicke, was Andreas Gefühle erneut in Wallung brachte.

„Umsatz ist nicht gleich Verdienst“, wiederholte er unbewusst Renates Worte. „So ein Laden hat viele Nebenkosten. Und die muss man erst einmal einnehmen, verstehst du?“

„Nicht so ganz“, gab Andrea ehrlich zu.

„Tröste dich, so ganz kapier ich das auch nicht, aber es ist halt so. Renate kennt sich da besser aus.“

Das tiefe Durchatmen hatte seine Wirkung nicht verfehlt. Zumindest schaffte Andrea es, einigermaßen zusammenhängend zu reden und nicht mehr so blöd zu stottern wie eben. „Ist sie eigentlich mit euch verwandt?“

„Nein. Sie ist eine Freundin meiner Mutter. Eine gute.“

„Ja, sie ist wirklich sehr nett“, wiederholte Andrea. Wieder lächelte Robert sie leicht an, und wieder trafen sich ihre Blicke.

„Das ist sie. Meine Mutter, Renate und Ruth kennen sich noch von der Schule her. Ich finde es irgendwie toll, dass sie immer in Kontakt geblieben sind.“

„Ruth?“, wiederholte Andrea, in deren Kopf eine Glocke schrillte. „Wer ist denn das?“

Robert zögerte. „Eine andere Freundin halt. Sie hat eine Werbeagentur.“

Gespannt wartete Andrea darauf, dass er weiterreden würde, aber Robert schwieg.

„Was macht eine Werbeagentur eigentlich?“, hakte sie nach. Robert bog in die Straße ein, in der die Boutique lag. Sekundenlang berührten sich ihre Schultern und Arme. Unwillkürlich hielt Andrea den Atem an, aber da spürte sie seine Hand in ihrem Rücken, und das brachte sie ganz aus der Fassung.

„Wir müssen hier rein“, erinnerte Robert augenzwinkernd und deutete auf den schmalen Gang, der zur Hintertür führte.

„Ja, natürlich“, murmelte Andrea verlegen.

Gemeinsam gingen sie nach hinten. Robert schloss die Hintertür auf und ließ Andrea den Vortritt. Wieder berührten sich ihre Körper, und wieder durchfuhr es Andrea wie ein Stromstoß. Robert machte Licht und schloss die Tür sorgfältig.

„Man kann nie wissen", erklärte er Andrea und lächelte ihr zu. „Ich hab was gegen Einbrecher. Überhaupt, das ist der einzige Punkt, der mir immer Sorgen macht. Ich meine, wenn man so allein in einem Geschäft ist ..."

„Hör bloß auf", bat Andrea heiser. „Vor Einbrechern hab ich auch höllische Angst."

„Ich habe meiner Mutter schon mindestens hundertmal eingeschärft, sich nur ja nie zur Wehr zu setzen. Geld kann man ersetzen, anders ist es, wenn solche Verbrecher in Panik geraten und auf einen losgehen."

Andrea erschauderte, aber da ging Robert schon weiter. Sorgfältig überprüfte er die Zeitschaltuhr.

„Alles okay. Renate macht sich immer zu große Sorgen."

Erst jetzt wurde Andrea bewusst, dass er ihrer Hilfe gar nicht bedurft hatte. Er hatte sehr genau gewusst, wo sich die Zeitschaltuhr befand. Warum hatte er ihr das nicht gesagt? Prompt kam sie auf die wildesten Vermutungen, wagte es aber nicht, sie zu Ende zu denken. Gespannt wartete sie darauf, was nun geschehen würde.

„Gehen wir?", erkundigte sich Robert und wartete ihre Antwort erst gar nicht ab. „Es ist vielleicht besser, wenn ich dich noch schnell nach Hause bringe. Ich meine, es ist schon spät, und dunkel ist es auch."

Andrea nickte schwach und fragte sich im Stillen, wie sie die nächsten Minuten überstehen sollte.

# 7. Kapitel

„Ich bin ein hirnverbrannter Trottel. Ein komplettes Rindvieh“, klagte sich Andrea, die an diesem wunderschönen Sonntagmorgen erschreckend blass aussah, an. „Ich hab’s vermasselt. Robby muss mich ja für blöd halten. Für eine arme Irre, die nicht reden kann und nur Unsinn verzapft. Am besten ist, ich wandere aus, oder ich igele mich hier ein. Jedenfalls will ich ihn nicht mehr sehen.“

„Andy, bitte“, redete Stefanie ihr gut zu. „Du siehst das alles zu eng. Wenn er dich für eine Irre hielte, hätte er dich garantiert nicht eingeladen. Überleg doch mal logisch!“

„Ich kann nicht denken“, behauptete Andrea. „In meinem Kopf ist ein einziges Chaos. Und soll ich dir mal was verraten, Stef? Ich weiß bald nicht mehr, was Wirklichkeit ist und was ich bloß geträumt habe. Ich ... ich hab ihn doch so lieb“, schluchzte sie verzweifelt. Betroffen nahm Stefanie sie in die Arme und drückte sie an sich.

„Es wird alles gut, Andy“, tröstete sie sie leise, obwohl sie selbst nicht davon überzeugt war. Ihrer Meinung nach hätte Andrea Robby besser ganz aus dem Gedächtnis gestrichen. Dieser Junge war nicht gut für sie. Instinktiv spürte sie, dass das hier erst der Anfang einer Katastrophe war, auf die Andrea zielstrebig zusteuerte.

„Nichts wird gut“, weinte Andrea. „Ich hätte das mit dem angeblichen Freund nicht sagen sollen. Und selbst wenn Robby sich in mich verlieben würde, würde er es jetzt bestimmt nicht mehr zugeben. So schätze ich ihn jedenfalls ein.“

„Interpretiere nicht zu viel in ihn hinein“, warnte Stefanie. „Die Jungs sind nicht so sensibel, wie du glaubst.“

„Wie kannst du so was behaupten?“, begehrte Andrea prompt wieder auf.

„Denk an Tobias und an das, was Jens dir erzählt hat. Würdest du hingehen und mit deinen angeblichen Bettgeschichten prahlen?“

„Ich hab ja gar keine“, murmelte Andrea kleinlaut.

„Und selbst wenn du welche hättest, würdest du nicht damit angeben. So etwas tun nur Jungs“, verallgemeinerte Stefanie. „Und Robby ist schließlich auch einer.“

„Er ist so toll“, schwärmte Andrea. „Ehrlich, Stef, gestern wusste ich nicht mehr, was ich tun sollte. Ich war total verwirrt. Ich weiß nicht einmal mehr genau, wie wir zur Boutique gekommen sind, und als er mir dann auch noch anbot, mich nach Hause zu bringen, bin ich ganz ausgerastet.“ Einen Moment dachte Andrea wieder an den Heimweg. Wie auf Wolken war sie neben Robby hergeschwebt. So leicht wie eine Feder hatte sie sich gefühlt und gleichzeitig darum gebetet, dass der Weg niemals enden würde. Und doch waren sie irgendwann an ihrer Haustür angelangt, und da hatte Robert den Satz ausgesprochen, den sie nie, niemals vergessen würde.

„Ich möchte morgen gern mit dir ausgehen“, hatte er gesagt. Einfach so, ohne Vorankündigung.

„He“, riss Stefanie Andrea aus der Erinnerung. „Ich rede mit dir!“

„Ich hab an gestern gedacht“, gab Andrea ehrlich zu. „Daran, wie er mich gefragt hat. Ich kann aber nicht mit ihm zum Italiener gehen. Mir wird bestimmt schlecht, wenn ich was esse.“

„Wenn du dir das lange genug einredest, passiert es garantiert“, schimpfte Stefanie. „Nun reiß dich doch mal am Riemen, Mensch. Du bist deinem Ziel schon ganz nahe, merkst du das denn nicht? Verdammt, Andy, er hat dich gefragt. Aus freien Stücken.“ Unwillkürlich packte sie die Freundin bei den Schultern und schüttelte sie leicht. „Andy, wenn du dich jetzt zusammennimmst, kann es klappen. Zeig dich ihm so, wie du normalerweise bist.“

„Wie bin ich denn?“, jammerte Andrea weiter. „Ich bin nur eine dumme Nuss, die lauter Unsinn redet. Hast du das denn noch nie erlebt?“, flüsterte sie heiser. „Du stehst vor einem, in den du total verliebt bist. Du brauchst bloß die Hand auszustrecken, und schon könntest du ihn berühren, ihn streicheln, ihn küssen ...“

„Herrgott noch mal!“, donnerte Stefanie los. „Du redest wie im schlimmsten Kitschroman. Mach doch einen Schritt nach dem anderen. Zuerst lernt man sich kennen, und der Rest kommt dann von selbst.“

„Oder auch nicht“, seufzte Andrea ernüchtert. „In meinem Fall garantiert nicht. Wenn Robby sich was aus mir machen würde, dann ... dann ...“ Hilflos brach sie den Satz ab.

„Dann?“, forderte Stefanie sie heraus. „Red doch weiter, aber das kannst du nicht, weil du tatsächlich nur Unsinn verzapfst, und woran liegt das? Weil du Tag und Nacht nur an ihn denkst und dir alles Mögliche vorspinnst. Sieh doch mal den Fakten, den nackten Tatsachen ins Auge, Andy. Da ist ein attraktiver Junge, der dir gefällt. Und du bist ein nettes Mädchen, Punkt. Und diese beiden lernen sich jetzt kennen. Sie gehen zusammen aus, zum Beispiel zum Italiener. Verstehst du, worauf ich hinauswill?“

Andrea schluckte und räusperte sich vernehmlich. „Du meinst, nach dem Essen würde er mir vielleicht schon sagen, dass er mich mag?“

„Nein“, schrie Stefanie unbeherrscht. „Er wird sich wieder mit dir verabreden, und dann noch einmal, und vielleicht dann sagt er dir, dass er dich mag. Verdammt, weißt du denn gar nichts? Jungs sind nun mal langsamer. Das weiß inzwischen aber schon jedes Kind. Und ihre Gefühlswelt funktioniert auch viel langsamer als bei Mädchen. Ich sehe schon, ich muss dich mal gründlich aufklären.“

„Red doch keinen Stuss“, führ Andrea ihr über den Mund. „Ich bin aufgeklärt. Und natürlich weiß ich auch, dass Jungs in mancher Beziehung schwerfälliger sind als Mädchen, und dennoch ... Begreif doch endlich, ich steh einfach auf den Typ.“ Andrea seufzte.

„Das darfst du ja auch, aber verlange von ihm nicht, dass er dir dieselben Gefühle entgegenbringt. Noch nicht. Vielleicht passiert es ja auch. Vielleicht liebt er dich auch eines Tages bis zum Wahnsinn“, fügte sie sarkastisch hinzu und stellte sich rasch ans offene Fenster, um ein wenig frische Luft zu schnappen. Andrea ging ihr gelinde gesagt auf den Keks. Sie war selbst schon wer weiß wie oft verliebt gewesen, aber noch nie hatte sie sich so bescheuert aufgeführt wie die Freundin! Gut, sie dachte natürlich an ihren jeweiligen Liebling, aber nicht in der Art wie Andrea. Die war ja echt nicht mehr ganz zurechnungsfähig.

„Sei nicht böse“, hörte sie Andrea hinter sich leise sagen. „Ich weiß, dass ich im Moment eine echte Nervensäge bin, aber ich kann nicht anders. Er ist so toll, so süß. Um ein Haar hätte ich ihn gestern einfach umarmt.“

„Klar, tu das, und du vergraulst ihn bestimmt“, stichelte Stefanie. „Jungs sollte man nicht zu sehr überrumpeln.“

„Ich hab mich ja beherrscht“, versicherte Andrea rasch. „Aber ich darf echt nicht an nachher denken.“

„Das solltest du aber“, mahnte Stefanie. „Du hast dich jetzt genug erregt. Jetzt wird es Zeit, dass du dich wieder schleunigst abregst und ganz cool wirst. Du hast ein Date mit einem netten Jungen. Das haben Millionen andere Mädchen auch, und doch flippen sie nicht so aus. Mensch, Andy, ich mag Bastian auch gern, aber ich zeige es ihm noch nicht.“

„Bastian? Und was ist mit Mark?“

Stefanie winkte gleichgültig ab. „Der hat sich in eine andere verknallt, aber was soll's? Basti ist nett. Ein richtiger Komiker, der alle Welt zum Lachen bringt. Für dich wäre er die reinste Medizin, meine Liebe. Und jetzt beweg deinen Hintern in Richtung Kleiderschrank.“

„Meinst du?“, zögerte Andrea und schaute die Freundin dabei so kläglich an, dass diese in helles Lachen ausbrach.

„Ich meine nicht nur, ich weiß es. Oder willst du zu deinem ersten richtigen Date mit Robby in diesem Aufzug gehen?“

Andreas Beine hatten vom Gefühl her eine fatale Ähnlichkeit mit Wackelpudding. Jedenfalls empfand sie das so, als sie bewusst langsam zur Boutique ging, an der sie mit Robby verabredet war. Als ihr Blick zufällig in ein Schaufenster fiel, blieb sie stehen, um sich von Kopf bis Fuß zu betrachten. Das, was sie sah, beruhigte sie ungemein. Zu schämen brauchte sie sich garantiert nicht. Der Rock saß ebenso perfekt wie der Rest ihres Outfits. Das lange dunkle Haar fiel in weichen Wellen bis auf die Schultern und wippte bei jedem Schritt und Tritt. Flüchtig dachte sie daran, wie gut es war, dass Robby so unwahrscheinlich groß war. Nicht viele Jungs überragten ihre stolzen Einsachtundsiebzig um fast zwei Köpfe. Und wenn sie etwas nicht ausstehen konnte, dann waren das kleinere Jungs, denen sie mühelos auf den Kopf spucken konnte. Prompt sah sie sich wieder mit Robby tanzen. Ganz fest hielten sie sich umschlungen, und sie hatte ihren Kopf in seine Halsbeuge gelegt. Mit viel Mühe riss sie sich sowohl von dem Traumbild als auch von ihrem Spiegelbild los und ging langsam weiter. Da sie entschieden zu früh war, bog sie bereits in die nächste Seitenstraße ein. Stefanies Mahnungen im Kopf, bemühte sie sich, ein wenig abzuschalten, aber so ganz gelang es ihr nicht. Wie versprochen, betrachtete sie die verschiedenen Auslagen in den Geschäften, aber immer wieder schweiften ihre Gedanken ab, machten sich selbstständig und kreisten um Robby. Er war nun mal alles für sie, entschuldigte sie sich. Stefanie konnte so etwas nicht nachempfinden, weil sie noch nie so heftig verliebt gewesen war. Typisches Beispiel war die Sache mit diesem Bastian. Vor zwei Wochen noch hatte Stefanie für Mark geschwärmt, und jetzt war er plötzlich bei ihr abgemeldet. So ähnlich war es davor mit Jörg gewesen und auch mit Oliver. Nein, Stefanie war immer nur oberflächlich verliebt. Und deshalb verstand sie sie auch nicht wirklich. Liebe war mehr als Verliebtsein. Ganz sicher sogar, und eines Tages würde Stefanie am eigenen Leib erfahren, wie man sich dann fühlte. Ja, und dann würde sie Stefanie gute Ratschläge erteilen und vielleicht auch ein wenig über sie spotten. Dennoch war und blieb Stefanie ihre allerbeste Freundin. Und daran würde sich wohl auch nichts ändern. Ähnlich wie Renate die beste Freundin von Robbys Mutter war. Und damit war sie schon wieder bei Robby angelangt. Man konnte es drehen und wenden wie man wollte, Robby war das Ziel, zu dem jeder Gedanke führte. Als Andrea auf ihre Swatch schaute, fiel ihr auf, dass es allmählich Zeit wurde. Zwei Minuten würde sie Robby warten lassen, keinesfalls mehr. Als sie wenig später um die Ecke bog, sah sie Robby schon von weitem. Sein Anblick verschlug ihr fast den Atem.

Trotz des Sonnenscheins war er heute von Kopf bis Fuß in Schwarz gekleidet, was einen reizvollen Kontrast zu seinem hellblonden Haar bildete. Und dann die Figur. Kein Wunder, dass er als Model jobbte. Alles an ihm war perfekt, angefangen bei den breiten Schultern, bis hin zu den schmalen Hüften und den langen Beinen. Genau genommen war er eigentlich viel zu toll, um wahr zu sein, und doch stand er da, leibhaftig und sehr lebendig ... aber er war nicht allein. Als Andrea das bemerkte, traf sie fast der Schlag. Dennoch setzte sie tapfer einen Fuß vor den anderen. Paul stand neben ihm. Paul, sein Busenfreund, über den manche ebenso lästerten wie über Robby. Er hat sich Verstärkung mitgebracht, schrie es in ihr. Begreifst du jetzt? Er ist ein ... ein stinknormaler Mensch, verlegen und befangen wie du selbst, nichts weiter. Und diese Erkenntnis bewirkte, dass Andreas eigene Ängste und Sorgen augenblicklich von ihr abfielen. Plötzlich fühlte sie sich sogar stark. Sie hatte es nicht nötig, im Duo aufzutreten. Sie ... Was soll's?, unterbrach sie sich selbst und straffte die Schultern. Als sie Robert und Paul zulächelte, fühlte sie sich fast so sicher wie sonst in der Boutique, wenn neue Kundinnen kamen.

„Hallo, ihr zwei", grüßte sie mit einer erstaunlich festen Stimme. „Wartet ihr schon lange?"

Robert schmunzelte leicht. „Nein. Ich ... äh, das ist Paul, mein bester Freund. Und das ist Andrea, Paul, das Mädchen, von dem ich dir erzählt habe."

„Kein Grund, so förmlich zu werden", lachte Andrea. Es tat ihr gut zu sehen, wie unsicher Robby auf einmal wirkte.

„Ich dachte ja nur", murmelte er befangen. „Ich war schon mit Paul verabredet, aber daran hab ich gestern nicht gedacht, Andrea. Ich hoffe, es macht dir nichts aus?"

„Warum sollte es? Ich bin meistens mit der ganzen Clique unterwegs."

„Ja“, brummte Robert, für den das Wort Clique so etwas wie ein Reizwort war. „Ich habe gedacht, bei Salvatore wäre es ganz nett. Kennst du das Lokal? Man kann dort sogar schon draußen essen.“

„Luft ist immer gut“, kommentierte Andrea und ließ eigentümlich lächelnd zu, dass die beiden Jungs sie in die Mitte nahmen.

„Ich hab gehört, du hilfst manchmal in der Boutique aus?“, begann Paul.

„Ja, es ist ein toller Job“, antwortete Andrea. „Ich bin gern unter Menschen, und mit Frau Stommers komme ich auch gut zurecht.“

„Ja, sie lobt dich über den grünen Klee, und das will bei Renate was heißen, noch dazu nach so kurzer Zeit“, warf Robert ein.

„Soll ich jetzt verlegen werden oder was?“ Schon während sie den Satz aussprach, spürte sie, dass sie tatsächlich ein wenig rot wurde. Was war denn jetzt wieder mit ihr los? Manchmal verstand sie sich selbst nicht mehr.

„Um Gottes willen, nein“, versicherte Paul. „Ich finde nur gut, dass alles klappt. Für Robbys Mutter ist die Boutique nämlich sehr wichtig.“

„Das kann ich verstehen. Ich würde mir auch Sorgen machen, wenn ich an ihrer Stelle wäre. Und so eine Boutique einfach schließen, geht nicht, denn dann laufen die Kunden weg und kommen womöglich nicht mehr wieder.“

„Genau das hat Mutsch befürchtet“, entfuhr es Robert. „Und deshalb war sie ja so froh, dass Renate für sie einspringen konnte. Zum Glück kommt meine Mutter bald wieder raus aus dem Krankenhaus.“

„Da fällt mir ein, ich weiß noch nicht, was ihr gefehlt hat. Oder ist das ein Geheimnis?“

Robert und Paul wechselten einen schnellen Blick miteinander, den Andrea aber nicht bemerkte, weil sie zurzeit zu Boden schaute.

„Sie hatte einen Nervenzusammenbruch", antwortete Robert. „Sie hat sich einfach zu viel zugemutet."

„Und was sagt dein Vater dazu?" Andrea ahnte nicht, dass sie damit Roberts wunden Punkt getroffen hatte.

„Nichts. Meine Eltern sind geschieden."

„Oh", murmelte Andrea betroffen. „Tut mir Leid. Das konnte ich nicht wissen."

„Es spielt auch keine Rolle."

„Da sind wir", lenkte Paul ab. Andrea blieb stehen und wartete, dass einer der Jungs vorgehen würde. Paul schob sich an die Spitze und öffnete die Tür. Nacheinander marschierten Andrea und Robert an ihm vorbei. Diesmal achtete Andrea genau darauf, dass sie Robby nicht zu nahe kam. Nur ungern hätte sie ihre erst eben gewonnene Sicherheit wieder eingebüßt.

„Können wir draußen sitzen?", hörte sie Robert den Kellner fragen. Als er vorging, hatte sie das Vergnügen, seine Rückseite zu bewundern. Von hinten sah Robby auch sehr gut aus, fand sie. Und dass andere ebenso dachten, bewiesen die vielen Augenpaare, die ihm folgten. Unwillkürlich reckte sich Andrea ein wenig.

„Möchtest du hier sitzen?", fragte Robert und deutete auf einen großen Tisch, der von einem ebenso großen Sonnenschirm beschattet wurde.

„Ja, gern."

Während sie alle drei die Speisekarte studierten, sprach keiner. „Machen wir es wie beim letzten Mal", schlug Robert vor. „Ein wenig von allem, ja?"

„Ohne mich. Ich bin nicht sehr hungrig", sagte Andrea schnell, die noch an ihren verkorksten Magen dachte.

„Das hört sich nach mehr an, als es ist“, versicherte Robert und schaute ihr dabei direkt in die Augen. Ganz tief in ihrem Innern verspürte Andrea wieder das bereits wohl bekannte Kribbeln, aber diesmal hielt sie seinem Blick stand, so lange, dass es schon fast peinlich wurde. Erst als Paul sich räusperte, schaute Robert schnell zu ihm hin.

„Versuch es doch mal, Andrea“, bat Paul. „Salvatore macht das echt toll. Man kriegt von allem ein bisschen. Und wenn du was hast, das du nicht magst, schiebst du es einfach zu uns rüber.“

„Also gut. Das hört sich besser als Pizza an.“

„Darauf kannst du Gift nehmen, obwohl die Pizzen hier auch nicht zu verachten sind.“ Eine Weile redeten sie ausgiebig über italienisches Essen, aber das war Andrea durchaus recht.

„Hab ich dich nicht neulich mal im Burger King gesehen?“, erinnerte sich Robert plötzlich.

Erstaunt hob Andrea die Augenbrauen. Dass er sich daran erinnerte, gab Anlass zu neuen Hoffnungen. „Ja. Ich war mit Stef da, aber ich gehe nicht oft hin.“

„Ich schon, seit meine Mutter im Krankenhaus liegt. Erstens kann ich nicht kochen, und zweitens schmeckt es mir nicht allein. Der Witz ist, normalerweise esse ich ziemlich viel, aber in den letzten Wochen ... So komisch es klingt, manchmal vergesse ich zu essen. Einfach, weil ich zu viel zu tun habe.“

„Was treibst du denn den ganzen Tag? Im Geschäft bist du doch nur selten.“ Diesmal bemerkte Andrea den Blick, den die beiden Freunde miteinander wechselten, und plötzlich ritt sie der Teufel.

„Arbeitest du so viel in der Agentur Hanisch?“

Die Wirkung ihrer Worte war umwerfend. Robert wurde erst rot, dann kreidebleich und schnappte hörbar nach Luft.

„Dadadas weißt du?“, stotterte er wie ein kleiner ertappter Sünder.

„Ich hab's gehört. Warte mal! Wie war das noch?" Andrea tat, als müsse sie nachdenken. In Wahrheit überlegte sie, ob sie diesen Bastian ins Spiel bringen sollte. „Jetzt weiß ich es wieder. Irgendwer im Malkasten hat darüber gesprochen. Es ging da um eine neue Show. Wie hieß sie auch noch? Ich hab's! Show und Design."

„Mode und Design", korrigierte Robert sie mechanisch. „Ja, dabei soll ich mitmachen."

„Das ist doch super", rief Andrea. „Warum machst du denn so ein Gesicht?"

Wieder flogen die Blicke zwischen Paul und Robby hin und her.

„Weil es keinen was angeht", brummelte Robert. „Tu mir den Gefallen, und behalt das alles für dich, ja? Du kennst ja unsere lieben Mitschüler." Die letzten beiden Worte betonte er übertrieben.

„Auf die bin ich auch nicht immer gut zu sprechen", antwortete Andrea wahrheitsgemäß.

„Du musst ihn verstehen", warf Paul rasch ein. „Robby mag es nicht, wenn man sich in sein Privatleben mischt."

In diesem Moment erschien der Kellner und erkundigte sich nach ihren Wünschen.

„Du könntest glatt bei uns mitmachen", griff Robert das Thema wieder auf, nachdem sich die Bedienung entfernt hatte. „Hast du noch nie daran gedacht?"

„Woran?", fragte Andrea überrascht.

„Ruth sucht immer neue Gesichter für ihre Werbekampagnen. Sie ist sehr erfolgreich und hat sich inzwischen einen guten Namen gemacht. Und viel Geld verdienen kann man in der Werbung auch."

„Ich und Model?", wiederholte Andrea spöttisch. „Oh nein. Ohne mich."

„Du hättest aber die ideale Figur dafür“, fuhr Robby unbeirrt fort. „Und dann deine Ausstrahlung, deine Größe.“

Unwillkürlich rutschte Andrea etwas tiefer auf ihrem Stuhl. Überdeutlich spürte sie, wie ihre Selbstsicherheit nachließ, und das lag daran, weil Roberts Augen sie so eindringlich musterten. Zu allem Überfluss schoben sich wieder Traumbilder vor ihr geistiges Auge.

Bilder, auf denen sie in seinen Armen lag, von ihm gestreichelt ... Schluss, schrie es in ihr. Reiß dich gefälligst zusammen.

„Darüber brauchen wir nie zu reden“, erklärte sie so fest wie möglich. „Ich könnte mich nie vor anderen so produzieren, und außerdem mag ich Werbung nicht. Wenn sie im Fernsehen kommt, schalte ich grundsätzlich ab. Werbungen sind nur gut, wenn man was essen oder trinken will oder mal zur Toilette muss.“ Immer mehr redete sie sich in Fahrt, so sehr, dass Paul eine Hand auf ihren Arm legte und sie so bremste.

„Ist ja gut. Kein Mensch zwingt dich dazu.“ Beruhigend lächelte er sie an, und Andrea verstummte. Als das Essen kam, zog Paul seine Hand wieder zurück. Am liebsten hätte Andrea Reißaus genommen, denn inzwischen war sie sicher, dass sie nicht einen Bissen zu sich nehmen konnte, aber darin irrte sie sich. Das Essen war köstlich, so lecker, dass nicht einmal ein Krümelchen übrig blieb. Außerdem gaben die verschiedenen Gerichte ein herrlich unverfängliches Gesprächsthema ab, sodass sich Andrea wieder entspannte.

„Jetzt ist aber Schluss“, setzte sie sich zur Wehr, als Robby erneut nach der Speisekarte angelte, um auch noch eine Nachspeise zu bestellen. „Wenn ich noch einen einzigen Bissen esse, platze ich am Ende noch.“

„Und das wäre jammerschade“, zwinkerte Paul ihr charmant zu. Andrea lehnte sich zurück. Prompt sprang Robert auf und schob den Sonnenschirm etwas zur Seite.

„Ist es so nicht besser?“

„Doch. Ich liebe die Sonne“, erklärte Andrea überschwänglich.

„Ich auch. Früher waren wir in den Ferien immer am Meer“, erinnerte sich Robert. „Das war toll. Manchmal höre ich noch heute das Rauschen der Wellen.“ Verlegen hielt er inne und seufzte. „Ein Glück, dass wir bald Ferien haben.“

„Fährst du wieder weg?“

„Nein, Andrea. Das geht nicht. Zumal ich schon für die Show unterschrieben habe. Und auch sonst. Ich hab genug zu tun.“

Andrea musterte ihn aus halb geschlossenen Augenlidern. Robbys Gesicht wirkte so ernst, irgendwie traurig. Ganz deutlich spürte sie, dass er etwas auf dem Herzen hatte, aber wahrscheinlich würde er nicht darüber reden. Vor allem nicht mit ihr.

„Ich muss jetzt gehen“, meldete sich Paul wieder zu Wort. „Und was macht ihr?“

Andrea zögerte und schaute rasch zu Robby hin, aber da er nicht reagierte, entschloss sie sich, das Date lieber zu beenden. „Ich ... ich muss jetzt auch nach Hause.“

Robert musterte sie irritiert, aber dann richtete er sich auf und winkte den Kellner herbei. Und jetzt tat es Andrea schon wieder Leid, dass sie so voreilig gewesen war. Vielleicht hatte Robby nur darauf gewartet, mit ihr allein zu sein?

# 8. Kapitel

„Ich denke, du kannst ihr vertrauen“, überlegte Paul laut, der gemeinsam mit Robby zum Krankenhaus gefahren war. „Erzähl ihr alles. Ich bin sicher, sie spielt mit. Es ist ja auch nicht für lange.“

„Sag das mal lieber nicht zu laut. Mir wäre es sehr recht, wenn Mutsch eine ständige Hilfe hätte. Sie hetzt sich doch sonst nur wieder ab.“

„Besorgungen kann sie doch auch in der Mittagspause machen“, wandte Paul ein.

„Das Geschäft ist durchgehend geöffnet“, korrigierte Robert ärgerlich. „Das ist es doch gerade. Mittags kommen die Mädchen von der Schule. Wenn Mutsch über Mittag schließt, kann sie gleich ganz einpacken. Außerdem hat kein Geschäft in der Stadt mittags geschlossen.“

„Wie hat sie das denn sonst gemacht? Ich meine, man muss doch auch mal einkaufen oder zum Arzt.“

„Wem sagst du das?“, seufzte Robert. „Manchmal ist Renate eingesprungen. Die meiste Zeit hab ich eingekauft, aber das wird auch immer schwieriger, weil ich in den letzten Monaten mehr denn je gejobbt habe. Ich fürchte, Paul, du verstehst das alles nicht so ganz. Wir reden nachher darüber. Wartest du auf mich?“

„Klar, weshalb wäre ich sonst mitgekommen? Ich setze mich ein bisschen in die Sonne und döse. Grüß deine Mutter von mir.“

Mit großen Schritten eilte Robert auf das Portal zu, während Paul sich in die Sonne setzte. Die finanzielle Lage der Dauvermanns schien tatsächlich angespannter zu sein, als er gedacht hatte. Insgeheim nahm er sich vor, nachher noch einmal mit Robby zu reden. Der war unterdessen im obersten Stockwerk angelangt. Eine Schwester, die er noch nie zuvor gesehen hatte, ließ ihn herein.

„Ich möchte zu meiner Mutter, Frau Dauvermann“, fügte er erklärend hinzu.

Das Mädchen starrte ihn verstört an. „Ihre ... Ihre Mutter können Sie jetzt nicht besuchen, aber das haben wir Ihnen doch mitgeteilt.“

„Das muss ein Irrtum sein“, erklärte Robert freundlich, aber die Schwester schüttelte den Kopf.

„Nein. Ich selbst habe bei Ihnen zu Hause angerufen. Der Anrufbeantworter meldete sich, und da hab ich angenommen, dass Sie noch schlafen oder so.“

Robert spürte, wie eine eiskalte Hand nach seinem Herzen griff und es zu zerquetschen drohte. „Und warum kann ich sie nicht sehen? Was ist passiert?“, stöhnte er heiser.

„Kommen Sie.“ Die junge Schwester führte ihn den Korridor entlang. Vor dem Schwesternzimmer machte sie halt und schaute Robert an. „Ich rufe den Arzt. Einen Moment noch.“ Die nächsten Minuten dehnten sich für Robert zu einer kleinen Ewigkeit. Ungeduldig mit den Füßen scharrend, wartete er, dass sich die junge Schwester wieder zeigte.

„Nehmen Sie bitte Platz. Doktor Borchert kommt sofort.“

„Können Sie mir denn nicht ...", begann Robert, aber die Schwester schüttelte energisch den Kopf und verschwand hinter einer der vielen Türen. Nervös wanderte Robert auf und ab. Immer sechs Schritte vor, dann wieder sechs zurück. Gleichzeitig überschlugen sich die Gedanken in seinem Kopf. In all den Wochen hatte er immer zu seiner Mutter gedurft. Warum nicht auch heute? Irgendetwas war passiert, und das musste etwas Schlimmes sein, denn sonst ... Es ist nichts, redete er sich ein, glaubte aber nicht daran. Es musste einfach etwas vorgefallen sein, und zwar etwas Gravierendes. Womöglich hatte Mutsch einen neuen Zusammenbruch gehabt? Oder vielleicht ... Nein, daran wollte er nun doch nicht denken. Man durfte nicht gleich das Allerschlimmste annehmen, und so war es auch nicht, durfte es nicht sein. Es gab bestimmt eine ganz einfache Erklärung. Eine neue Untersuchung zum Beispiel. Am Sonntag? Solche Sachen wurden wochentags erledigt, wenn das gesamte Personal zur Verfügung stand. Verdammt, wo blieb der Arzt denn nur? Gerade als Robert nach einer Schwester suchen wollte, öffnete sich die Tür, und der Arzt trat ein.

Suchend glitten seine Augen durch den Korridor, dann erkannte er Robert und kam leicht lächelnd auf ihn zu.

„Erschrecken Sie nicht, Herr Dauvermann", eröffnete er ihm. „Ihre Mutter hatte einen kleinen Rückfall." Rasch schilderte er, welche Maßnahmen er ergriffen hatte, von denen Robert aber so gut wie nichts verstand.

„Wo ist sie jetzt?", erkundigte er sich heiser.

„Unter Beobachtung. Sie können leider nicht zu ihr, und außerdem würde sie Sie sowieso nicht wahrnehmen. Sie schläft. Aufregungen sind zurzeit Gift für sie."

„Ich möchte aber zu ihr", murmelte Robert verzweifelt, aber der Arzt schüttelte den Kopf.

„Ihre Frau Mutter braucht absolute Ruhe." Prompt folgten

wieder lange lateinische Erklärungen, die für Robert wie böhmische Dörfer klangen. Alles, was er begriff, war, dass er seine Mutter vorerst nicht mehr besuchen durfte, und das war hart. Nicht nur für ihn, sondern bestimmt auch für sie. Er wusste zu gut, wie sehr sie an ihm hing. Die letzten Jahre hatten sie einander noch näher gebracht, als sie sich schon waren. Jede Entscheidung hatten sie gemeinsam getroffen. Und jetzt plötzlich stand er ganz allein da. Robert biss sich so heftig auf die Lippe, dass es schmerzte.

„Wann kann ich sie denn wieder besuchen?"

„Ich denke, so in einer Woche etwa. Natürlich können Sie sich jederzeit telefonisch nach ihr erkundigen."

Roberts Kehle fühlte sich mit einem Mal wie zugeschnürt an. Deshalb beschränkte er sich auch auf ein stummes Nicken und einen Händedruck. Mit bleischweren Beinen schleppte er sich zum Ausgang hin, vorbei an dem Zimmer, in dem seine Mutter lag. Am liebsten hätte er geweint wie ein kleines Kind, aber er beherrschte sich. Sogar dann noch, als er zu Paul trat. Der Freund sprang auf und packte ihn bei den Schultern.

„Was ist passiert?", fragte er, alarmiert durch Roberts seltsam entrückten Gesichtsausdruck.

Robert schluckte trocken und ließ sich schwer auf die Bank fallen, auf der Paul ebenfalls gesessen hatte. „Ich darf nicht zu ihr", stöhnte er gequält. „Der ... der Arzt hat eben mit mir geredet. Sie braucht Ruhe, absolute Ruhe. Mensch, Paul, was soll ich denn jetzt bloß tun?"

Paul, der sonst nie um gute Ratschläge verlegen war, schaute Robert betroffen an. Abrupt ließ er von ihm ab und zog sich nachdenklich und betroffen zugleich an der Nase. „Verdammter Mist", brummte er dabei. „Und ich dachte schon, es wäre bald überstanden."

„Das dachte ich auch", bestätigte Robert bitter und ballte die

Hände zu Fäusten. „Ich fürchte, jetzt müssen wir das Geschäft doch schließen, denn Renate kann unmöglich noch länger aushelfen."

„Frag sie doch erst einmal. Ich dachte, die Boutique wäre deiner Mutter so wichtig."

„Ist sie ja auch, aber unter diesen Umständen ... Verdammt, Paul, wenn Mutsch so krank ist, kann sie den Laden nicht behalten. Wie denn auch? Der Arzt faselt von Ruhe. Glaubst du ernsthaft, in der Boutique hätte sie die? Ich weiß zwar, dass ihr der Verkauf Spaß macht, aber all das andere. Ich muss nachher mal rechnen."

„Tu jetzt nichts Unüberlegtes, Robby", mahnte Paul eindringlich. „Sprich zuerst mit Renate. Vielleicht weiß sie eine Lösung."

„Zu zweit standen sie da", ereiferte sich Andrea. „Robert und Paul. Zuerst hab ich gedacht, ich fall gleich um, aber dann ... irgendwie war das komisch. Wie soll ich dir das bloß erklären?"

„Nun mach doch kein Drama daraus. Vielleicht war es wirklich so, dass die beiden schon verabredet waren, und Robby hat gestern bloß nicht mehr daran gedacht."

Andrea senkte den Kopf und schaute auf ihre im Schoß verkrampften Hände. „Nein, es ... es ist etwas anderes. Robby ist nicht an mir interessiert. Ich merke das ganz deutlich. Vielleicht sollte ich mich endlich damit abfinden. Aber eins schwöre ich dir: Einen anderen will ich auch nicht."

Obwohl Stefanie gern gelacht hätte, hütete sie sich davor. „Ich würde einfach mal abwarten, wie sich die Sache entwickelt. Du siehst ihn ja tagtäglich."

Traurig zog Andrea die Beine an und legte den Kopf auf die verschränkten Arme. „Was hab ich davon? Ich hab ihn doch lieb, aber er merkt es nicht."

Geduldig setzte sich Stefanie zu ihr. „Die berühmte Liebe auf den ersten Blick gibt es nicht so oft, wie du denkst. Ich selbst verliebe mich auch immer erst später.“

„Und ich werde mich nie wieder verlieben“, schwor Andrea traurig. Aber als sie am Abend in ihrem Bett lag, dachte sie doch wieder an Robby. Seit über zwei Monaten liebte sie ihn schon, wenn bisher auch völlig hoffnungslos. Wie sollte sie ihn jetzt so einfach vergessen? Hinzu kam, dass er jetzt von sich aus den Kontakt zu ihr gesucht hatte. Und das war doch ein gutes Zeichen, oder? Vielleicht hatte Stefanie ja Recht, und er hatte Paul bloß mitgebracht, weil sie verabredet waren. Immerhin waren die beiden auch sonst ständig zusammen. Noch einmal ließ sie das Date beim Italiener Revue passieren. Nein, mit ihr geflirtet hatte er nicht, höchstens das eine Mal, als er sie so seltsam angeschaut hatte. Wie konnte ein einzelner Mensch bloß so tolle Augen haben?, schweifte sie prompt wieder ab. Wie konnte ein einzelner Mensch überhaupt so unwahrscheinlich gut aussehen wie Robert? Auf solche Typen flogen die Frauen. Mit einem Ruck richtete sich Andrea wieder auf. Vielleicht war das der Grund! Ja, vielleicht hatte Robert schlechte Erfahrungen mit Mädchen gemacht und war jetzt deshalb so zurückhaltend. Wenn es so war, dann bestand immer noch Hoffnung. Sie musste ihn bloß davon überzeugen, dass sie es ernst mit ihm meinte, dass sie ihn wirklich von ganzem Herzen liebte.

„Robert“, flüsterte sie vor sich hin. „Lieber Robby. Ich hab dich doch so schrecklich lieb. Warum glaubst du das nicht?“ Weil er es gar nicht weiß, meldete sich die nüchterne Stimme ihres Verstandes. Woher soll er auch wissen, welche Gefühle du für ihn hegst? Mach’s wie Silke. Die rennt ihm ständig nach. Wie Silke? Bloß nicht! Niemals würde sie einem Jungen so auffällig zeigen, dass sie sich für ihn interessierte. Und plötzlich war ihr, als höre sie Anne reden.

„Wenn ich einen Jungen mag, dann sag ich ihm das auch. Stellt euch doch nicht so an, Kinder. In welchem Jahrhundert leben wir denn? Die Jungs tun es doch umgekehrt auch. Erst gestern hat mich so ein Typ angequatscht. Habt ihr noch nie was von Gleichberechtigung gehört? Alle reden darüber, aber wenn es darauf ankommt, seid ihr schüchtern wie eure Großmütter."

Andrea lächelte leicht in der Erinnerung. Anne hatte mit ihren Worten damals einen regelrechten Aufstand entfacht. Alle waren über sie hergefallen und hatten gleichzeitig auf sie eingeredet. Bloß Nathalie hatte ihr Recht gegeben. Und sie hatte es auch gleich bewiesen, indem sie einen Typ aus der Elf angequatscht hatte. Der Witz war, es hatte funktioniert. Eine Zeit lang hatten die beiden Händchen gehalten und sich in den Pausen abgeknutscht, aber dann war wieder Schluss gewesen. Ein paar Tage später hatte sich Nathalie an Bert rangemacht. Und diese Beziehung hielt immer noch. Inzwischen wussten alle, dass die beiden sogar miteinander schliefen. Andrea legte sich wieder zurück und schloss die Augen. Irgendwie konnte sie sich noch gar nicht vorstellen, mit einem Jungen zu schlafen. Höchstens mit Robby. Bei ihm wurde sie bestimmt ja sagen. Aber er war ja auch ganz anders als die anderen Jungs. Robby wirkte sehr erwachsen und viel reifer als zum Beispiel Tobias. Dieser Schmutzfink hatte ihr mächtig zugesetzt, so sehr, dass sie ihm zum Schluss eine gescheuert hatte. Wahrscheinlich war das der Grund, weshalb er jetzt derartige Lügen über sie verbreitete. Um ihn musste sie sich ja auch noch kümmern, fiel ihr ein. Gleich morgen würde sie ihm die Meinung sagen, am besten vor seiner ganzen Clique Dann wussten alle Bescheid, und Tobias würde es nicht mehr wagen, Märchen über sie zu erzählen. So eine Gemeinheit aber auch! Sie war ganz bestimmt nicht der Typ, der gleich mit jedem ins Bett huschte. Sie gehörte zu den wenigen, die in dieser Hinsicht noch keinerlei Erfahrungen hatten. Und darauf war sie sogar noch stolz. Vor etwa einem Jahr hatte dieses Beischlaffieber, wie sie es nannte, begonnen. Angefangen hatte es mit Susanne, die sich von einem Tag zum anderen total verändert hatte. Sie zog mit einem Typen rum, der nicht an ihrer Schule war. Er war älter und arbeitete schon. Es war ein offenes Geheimnis, dass die beiden miteinander schliefen. Kurz darauf hatte auch Nina, Susannes Freundin, einen Lover. Die beiden unternahmen nichts mehr mit den anderen Mädchen aus der Klasse, sondern zogen nur noch in Cliquen rum, von denen Andrea keinen Menschen kannte. Sie waren alle älter, zum Teil rauchten sie und tranken nicht schlecht Alkohol. Es war, als lebten Nina und Susanne von einem Tag auf den anderen in einer anderen Welt, einer Welt, die Andrea noch sehr fremd war. Nach und nach hatten sich auch die anderen Mädchen aus ihrer Clique Freunde angeschafft. Seither hatten sich die Gesprächsthemen verlagert. Waren früher irgendwelche Bands aktuell gewesen, waren es heute die jeweiligen Boyfriends. Die wechselten aber eigentlich ständig, und das war etwas, das Andrea nun nicht so richtig begreifen konnte. Für sie war Liebe etwas Wichtiges, etwas Schönes, und deshalb hätte sie auch nie mit anderen außer mit Stefanie darüber geredet. Stef dachte in vielen Punkten wie sie. Sie verliebte sich zwar schnell, aber sie gehörte auch nicht zu den Mädchen, die ständig zu weit gingen. Bis zu einem gewissen Punkt, aber dann war Schluss. Wie bei ihr und Tobias. Und jetzt hatte sie sich derart in Robby verliebt, dass sie keinen klaren Gedanken mehr fassen konnte. Für sie bedeutete er alles, und sie wünschte sich nichts sehnlicher, als dass er ihre Gefühle erwiderte. Mit ihm musste es himmlisch sein. Und prompt sah sie ihn wieder vor sich. Ganz lieb schaute er sie an, fast so wie eben, nur noch etwas zärtlicher. Und dann würde er sie in die Arme nehmen, sie würde sich an ihn schmiegen. Ganz verrückte Dinge würde er ihr ins Ohr flüstern und sie dabei immer wieder küssen. Instinktiv griff sie nach ihrem Kuschelkissen und drückte es innig an sich. Wenn sie die Augen schloss, konnte sie sich vorstellen, es wäre Robby, den sie da umarmte. Ja, und über alles reden würden sie auch, viel reden, denn das war wichtig. Wie sonst sollte der andere wissen, was in dem Partner vor sich ging? Robert würde ihr seine Gedanken und Geheimnisse anvertrauen, und sie ihm ihre. Wie gern würde sie alles über ihn wissen. Irgendwann fielen ihr die Augen zu, aber dennoch drehten sich auch ihre Träume nur um den einen: um Robby.

„Du musst deine Mutter davon überzeugen, die Boutique zu verkaufen", erklärte Renate resolut „Robby, du bist doch kein Kind mehr. Und rechnen kannst du doch auch. Wenn die Einnahmen so gerade die Ausgaben decken, dann ist etwas faul. Kein Mensch arbeitet umsonst. Und mit dem Geschäft könnt ihr vorläufig nicht auf einen grünen Zweig kommen. Überleg doch mal! Marlene schuftet von neun Uhr morgens bis abends um halb sieben. Und warum? Was hat sie davon? Gerade genug, dass sie die Ausgaben fürs Geschäft decken kann. Für den Rest musst du schon zahlen, und das ist einfach ... Hach! Warum begreift ihr denn nicht, dass ich es nur gut meine? Sentimentalität hilft da nicht. Wenn deine Mutter in Ruhe einen Käufer sucht, dann kommt sie plus minus null aus der ganzen Sache raus. Jeder Job bringt ihr mehr ein als die Boutique."

Robert starrte Renate finster an. „Hast du ihr das auch gestern so gesagt?"

Renate senkte den Blick. „Ich hab ihr eine Aufstellung gegeben. Aber nicht, um sie unnötig zu quälen, sondern weil ich ihr helfen will. Es ist ein hartes Business, Robby."

„Das ist jedes heutzutage“, seufzte Robert und streckte die Beine weit aus. „Im Moment können wir aber nicht mit ihr darüber reden. Der Arzt hat ihr jede Aufregung verboten.“

„Ja, das leuchtet mir ein. Dann ... dann muss ich halt sehen, wie es weitergeht. Zu schade, dass Andrea noch zur Schule geht. Sie hat ein so gutes Händchen.“

„Sie ist erst sechzehn“, wandte Robert ein, aber diesen Einwand wischte Renate beiseite.

„Das hat nur wenig mit dem Alter zu tun. Ich habe auch so ein Mädchen bei mir im Geschäft. Sie ist jetzt im zweiten Lehrjahr, aber sie steckt so manche ausgebildete Verkäuferin glatt in die Tasche. Solche Azubis sind wahre Glücksfälle, aber leider ziemlich selten.“

„Und wenn du Andrea bittest, noch öfter zu kommen?“

„Nein, nein. Das wird auf Dauer zu teuer. Ich werde es irgendwie einrichten, dass ich weiter kommen kann.“ Müde strich sich Renate eine Haarsträhne aus der Stirn. „Habt ihr sonst noch Probleme?“, forschte sie weiter.

Robert lächelte leicht. „Nein, die, die wir haben, reichen ja auch.“

„Man kann sie aber beseitigen, und wenn du auf mich hörst, kümmerst du dich darum. Du hast mir doch erzählt, dass Ruth deiner Mutter einen Job angeboten hat. Das wäre genau richtig für sie. Und Ruth hätte auch etwas Entlastung. Wenn sie so weitermacht, ist sie die Nächste, die auf der Nase liegt. Aber bei ihr predige ich auch vergeblich.“

„Tu doch nicht so“, stichelte Robert. „Schonst du dich denn?“

„Ich brauche nun mal Stress“, schmunzelte Renate. „Schick mich in Urlaub, und ich bin todkrank.“

„Hast du überhaupt schon mal Urlaub gemacht?“

Stirnrunzelnd dachte Renate nach. „Nein, eigentlich nicht. Ich fahre zwar öfter weg, aber immer nur beruflich.“

„Und die Frau redet von Ausspannen. Ihr drei seid ein seltsames Gespann."

„Sagen wir so, wir sind alle drei gebrannte Kinder, die ziemlich früh für sich selbst haben sorgen müssen."

Robert schaute sie lange an. „Tut es dir Leid?"

Renate erwiderte seinen Blick offen. „Nein, das nicht, aber ... Ach, lassen wir das."

Und gerade dieses Zögern ging Robert nicht mehr aus dem Sinn. Noch während er sich sein Abendbrot zubereitete, dachte er über Renate, aber auch über Ruth und seine Mutter nach. Renate und Ruth waren ebenfalls verheiratet gewesen, nur nicht so lange wie seine Mutter. Ruths Mann war ein Spieler gewesen, der sein ganzes Geld ins Spielkasino getragen hatte. Und Renates Mann hatte sie auch wegen einer anderen verlassen. Ruth hatte immer schon in der Werbebranche gearbeitet, während Renate ähnlich wie seine Mutter erst nach der Scheidung wieder berufstätig geworden war. Renate war eine sehr gute Geschäftsfrau, die genau wusste, was sie wollte. Immerhin hatte sie jetzt schon zwei Geschäfte, und Robert war ganz sicher, dass noch mehr folgen würden. Aber war sie glücklich? War Ruth glücklich? Oder seine Mutter? Ärgerlich über sich selbst, schnappte er sich seinen Teller und ging hinüber ins Wohnzimmer. Um sich abzulenken, schaltete er den Fernseher ein und landete in einer Liebesszene. Im ersten Impuls wollte er umschalten, aber dann schaute er doch zu.

„Ich liebe dich, Andrea", sagte der Typ auf dem Bildschirm. Ganz langsam ließ er seine Finger durch die dichte Haarflut der Frau gleiten. Was für ein komischer Zufall. Prompt musste Robert wieder an die andere Andrea denken. Seltsam, er wusste nicht einmal, wie sie mit Nachnamen hieß. Eigentlich wusste er gar nichts über sie. Bloß, dass sie in seine Schule ging und jetzt in der Boutique aushalf. Das Mädchen sah gut aus. Ruth hätte sie garantiert vom Fleck weg engagiert, denn Andrea hatte nicht nur eine tolle Figur, sondern auch eine gewisse Ausstrahlung.

„Ich hab schon einen Freund“, hörte er sie plötzlich wieder sagen. Kein Wunder. Wer so aussah wie sie ... Eigentlich war es schade. He, he, alter Junge, meldete sich seine innere Stimme spöttisch. Lass die Finger von ihr. Und doch ... Plötzlich musste er an Sigi denken, mit der er schon oft zusammengearbeitet hatte. Sie legte es förmlich darauf an, ihn zu reizen. Kein Wunder, dass Ruth immer so begeistert von den Aufnahmen war. Sigi war ein tolles Mädchen, aber leider etwas oberflächlich, und deshalb hatte er sich auch schleunigst von ihr zurückgezogen. Dann lieber kein Mädchen als so eins wie Sigi. Oder gar wie diese Silke, die ihn in der Schule ständig belagerte. Wie konnte man bloß so aufdringlich sein? Unwillkürlich drängte sich wieder Andreas Bild vor seine Augen. Sie war unwahrscheinlich hübsch. Ihre Augen wirkten so weich und sanft. Und ihr Haar sah aus wie reine Seide, weich und glänzend. Unwillkürlich fragte er sich, was sie wohl gerade machte. Als sein Blick auf den Fernseher fiel, holte er zischend Luft. Vielleicht war sie gerade so beschäftigt wie ihre Namensgefährtin auf dem Bildschirm. Ärgerlich suchte er nach der Fernbedienung. Lustlos zappte er durch alle Kanäle, aber nichts interessierte ihn wirklich. Gleich nach dem Essen ging er zu Bett, aber der Gedanke an Andrea ließ ihn einfach nicht mehr los. Eben hatte sie ganz anders auf ihn gewirkt als gestern. Da war sie ihm irgendwie linkisch und reichlich verwirrt vorgekommen. Vielleicht hatte es da einen Zusammenhang mit diesem Jens gegeben. Ein seltsamer Typ, der ihm nicht sehr sympathisch war. Aber eben, ja, eben hatte sie ihm extrem gut gefallen, so gut ... Nein, nein. Bloß nicht weiterdenken. Robert rollte sich auf den Bauch und zog die Bettdecke über sich.

# 9. Kapitel

„Alles okay?“, erkundigte sich Stefanie, als sie Andrea vor der Schule traf.

„Ja natürlich. Mir geht es super.“ Plötzlich fiel ihr Blick auf Tobias, der laut lärmend bei seiner Clique stand. „Und gleich geht es mir sogar noch ein bisschen besser“, fügte sie unternehmungslustig hinzu. „Nämlich dann, wenn ich diesem Typ die Meinung gesagt habe.“

„Lass doch“, mahnte die Freundin und packte Andrea am Arm, aber diese riss sich sofort wieder los.

„Ich denke nicht daran. Soll ich tatenlos zusehen, wie er unverschämte Lügen über mich verbreitet?“ Ohne auf eine Antwort zu warten, lief Andrea schon weiter.

„Tobias“, donnerte sie so laut, dass sie alle anderen Stimmen übertönte. „Sag mal, tickst du eigentlich noch richtig? Ich habe mir sagen lassen, du posaunst herum, dass ich was mit dir hatte? Du, eher würde ich vom höchsten Turm springen, als mich von dir anfassen zu lassen.“

Ihre Worte hatten eine sehr unterschiedliche Wirkung. Ein paar Mädchen begannen zu tuscheln, während die Jungs schadenfroh grinsten. Nur Tobias stierte sie verständnislos an.

„Du brauchst mich nicht so blöd anzustarren“, fuhr Andrea temperamentvoll fort. „Ich weiß genau, was du für ein erbärmlicher Angeber bist. Und wenn du dir einbildest, du könntest jemanden damit beeindrucken, bist du auf dem Holzweg.“

Tobias schluckte so heftig, dass sein Adamsapfel nervös auf- und abhüpfte. Wie ein kleiner gescholtener Junge wirkte er plötzlich, und das schienen die anderen auch zu bemerken.

„Pass auf, gleich macht er sich in die Hose“, lästerte einer der Jungs und schubste einen anderen aufgeregt an.

„Ich ... ich hab nie über dich geredet“, stotterte Tobias so verwirrt, dass Andrea augenblicklich gewillt war, ihm zu glauben. „Ehrlich, Andy, ich wüsste nicht, mit wem ich über dich gesprochen hätte.“

Andrea hob die Augenbrauen, ließ sie aber gleich wieder sinken. „Mit deinen Typen hier, deiner so genannten Clique natürlich.“

„Das stimmt doch nicht“, protestierte Tobias energisch und schaute seine Freunde auffordernd an. „Hab ich je über Andy gequatscht?“

„Was heißt gequatscht? Wir wussten, dass ihr ein paarmal im *4 you* wart“, antwortete Nicole. „Aber sonst ...“

„Ehrlich“, versicherte Tobias erneut. „Ich hab nie über dich geredet, Andy. Und überhaupt, worüber denn eigentlich?“

Zögernd schaute Andrea von ihm zur Clique und dann wieder zurück zu Tobias.

„Jemand hat mir aber gesteckt, dass du über mich hergezogen bist, und zwar in einer Art, die ich nur ...“

„Wer war das?“, fiel ihr Tobias ins Wort. „Derjenige soll mir das ins Gesicht sagen.“

Andrea schaute ihn immer noch skeptisch an, aber dann zwang sie sich zu einem kleinen Lächeln. „Lass nur, den knöpfe ich mir selbst nachher vor.“

„Ich will es aber auch wissen." Tobias trat ein paar Schritte vor und zog Andrea zur Seite. „Du, ich würde nie über dich schlecht reden", raunte er ihr leise zu. „Ich fand es sogar echt stark, dass du mir eine gescheuert hast. Das klingt zwar blöd, ist aber so." Begehrlich suchten seine Augen ihren Blick. Mit einer schnellen Bewegung strich er ihr eine Haarsträhne aus dem Gesicht und lächelte leicht. „Ich würde gern noch mal mit dir ausgehen. Im Highscore gibt es ..."

Ärgerlich schubste Andrea seine Hand beiseite. Für sie war die Sache erledigt, und dieser Jens, der konnte sich tatsächlich auf was gefasst machen.

„Ich werd dich auch nicht mehr drängen", beschwor Tobias sie weiter. „Ich verspreche es dir."

Andrea konnte nicht anders. Wie er da so vor ihr stand, wie ein geprügelter Hund ... Nein, richtig böse konnte sie ihm nicht mehr sein, aber mit ihm ausgehen würde sie auch nicht mehr, und das sagte sie ihm auch offen.

„Schade", murmelte Tobias enttäuscht. „Aber vielleicht überlegst du es dir ja noch. Dann ruf mich an, ja?"

„War das schon alles?", stichelte Stefanie, als Andrea zu ihr zurückkam. „Ich hab gedacht, du kratzt ihm zumindest die Augen aus."

„Weshalb denn? Das hebe ich mir für jemand anderes auf, der es mehr verdient hat", grollte Andrea.

„Wie, bitte, darf ich das verstehen?"

„Tobias hat gar nichts über mich gesagt. Jens muss das erfunden haben."

„Warum denn?"

„Was weiß ich? Sitze ich in dem Schädel des Spinners? Nein, aber ich werde es herauskriegen." Was beide Mädchen nicht bemerkt hatten, war, dass sowohl Jens als auch Robby die Szene mit Tobias genau beobachtet hatten. In Gedanken versunken, ging Robert ins Schulgebäude, während Jens sich schleunigst zu seiner Clique flüchtete.

Gleich in der ersten großen Pause machte sich Andrea gemeinsam mit Stefanie auf die Suche nach Jens. Als dieser sie erblickte, wollte er sich schnell aus dem Staub machen, aber Andrea und Stefanie spurteten los und holten ihn ein.

„Augenblick mal“, rief Andrea ziemlich laut und drohend.

Jens wurde puterrot und grinste verlegen. „Was ist denn, Andrea?“, erkundigte er sich übertrieben freundlich.

„Das weißt du ganz genau“, fauchte sie ihn an. „Ich hab eben mit Tobias gesprochen.“

„Ach ja? Und?“

Andrea maß ihn angriffslustig von Kopf bis Fuß. „Das weißt du doch ganz genau, nicht wahr? Warum hast du mich am Samstag so gemein belogen? Was hast du davon?“

„Ich ... ich hab nicht geschwindelt, ehrlich nicht. Ich hab tatsächlich gehört, dass Tobias schlecht über dich geredet hat.“

„Dann wiederhole mal seine Worte!“, forderte Andrea und stemmte beide Hände in die Seiten.

Jens wand sich wie ein Aal. „Lieber nicht. Es ... es war nicht besonders schmeichelhaft für dich.“

„Lüg nicht. Er hat überhaupt nichts gesagt. Das hast du, aus was weiß ich welchem Grund, nur erfunden.“

Jens entschied sich für eine andere Taktik und setzte eine beleidigte Miene auf. „Denk doch, was du willst.“ Und mit diesen Worten wollte er sich abwenden, aber wieder war Andrea schneller und verstellte ihm den Weg.

„Warum bist du nur so feige?“, fuhr sie den in die Enge getriebenen Jens heftig an.

„Bin ich gar nicht. Ich ... ich weigere mich bloß, solche Perser ... Pervi ... solche Schweinereien zu wiederholen“, stotterte er. „Und lass mich jetzt in Ruhe. Ich muss in den Chemie...“

„Hau schon ab, du blöder Lügner“, zischte Andrea. „Und komm mir bloß nicht mehr unter die Augen. Gerüchte in die Welt setzen ... das ist doch das Letzte.“ Angewidert schaute sie sich nach Stefanie um und hakte sich bei der Freundin unter.

„Wieder ein Verehrer weniger“, kommentierte Stefanie kichernd.

„Der kann mich doch mal“, ereiferte sich Andrea. „Ich finde das echt gemein von ihm!“

„Vergiss es.“

„Ein sehr temperamentvolles Mädchen“, schmunzelte Paul, der von der Szene mit Tobias gehört, und die mit Jens selbst gesehen hatte.

„Weiß der Himmel, was da los war“, murmelte Robert, dessen Laune nach einem weiteren Disput mit dem Mathelehrer auf dem absoluten Nullpunkt angelangt war.

„Zoff. Was sonst? Sagtest du nicht, sie hätte einen Freund? Wer von beiden ist es denn nun?“

„Keine Ahnung, und wenn ich ehrlich bin, interessiert es mich im Moment auch nicht. Ich hab andere Probleme.“

„Komm schon, Mann. Vergiss den blöden Körner. Ich würde wirklich gern wissen, wer der Lover der niedlichen Andrea ist.“

„Dann frag sie doch“, fuhr Robert den Freund an. Und jetzt endlich begriff Paul, dass Robert tatsächlich am Boden zerstört war. Rasch dirigierte er ihn zu einer Bank hin.

„Es wird sich schon alles regeln“, beschwor er ihn. „So ist es nun mal. Eine Sache geht schief, und prompt kommt noch was anderes nach. Manchmal kriegt man es halt knüppeldick. Glaubst du, bei mir wäre immer alles eitel Sonnenschein?“

Robert stieß heftig den Atem aus. „Dann verrate mir mal, welcher Schuh dich drückt.“

Paul schnitt eine Grimasse, lehnte sich zurück und verschränkte die Arme im Nacken. „Mein Vater wird womöglich bald arbeitslos. Kurzarbeit haben sie schon. Bei uns zu Hause ist es momentan auch nicht so toll. Weißt du, manchmal denke ich, man sollte sich so viel wie möglich amüsieren. Alles auf die leichte Schulter nehmen und so."

Robert schaute Paul schnell von der Seite an. Dessen Gesicht wirkte plötzlich ganz anders als sonst, irgendwie verzweifelt, nein, eher resigniert. „He, he, Alter. Was sind denn das für Töne?"

„Es ist die Wahrheit. Manchmal hab ich echt alles satt. Dann ... dann bewundere ich diese Typen sogar." Mit dem Kopf deutete er auf eine Gruppe von Mitschülern hin, die sich gegenseitig jagten und anrempelten. „Irgendwie sind die besser dran als wir", philosophierte er weiter. „Ihr größtes Problem ist, wie kriege ich diejenige oder denjenigen rum. Schau sie dir doch an."

Unwillkürlich musste Robert schmunzeln. „Vielleicht sollten wir uns auch eine Freundin anlachen."

Paul warf ihm einen kurzen Blick zu. Zu Roberts Erstaunen protestierte er diesmal nicht, sondern zuckte nur mit den Schultern.

„Mal an was anderes zu denken, wäre echt nicht schlecht", nuschelte er.

„Wie wäre es denn ..." Suchend schweiften Roberts Augen über ein paar Mitschülerinnen. „Julia vielleicht. Sie ist doch niedlich. Oder ... Nein, jetzt weiß ich es. Silke könnte ich dir wärmstens empfehlen. Sie scheint sehr nett zu sein."

„Dir gegenüber", spottete Paul. „Ich bin nun mal kein Wahnsinnstyp wie du, sondern ein stinknormaler ..."

„Jetzt kommt es. Die Charakteristik des Paul Hanenberg", alberte Robert mit hoch erhobenem Zeigefinger.

„Ist doch wahr", brummte Paul und wandte sein Gesicht

Robert zu. Fest schaute er ihm in die Augen. „Ist dir eigentlich schon mal so richtig bewusst geworden, welche Wirkung du hast? Ich fürchte, nein. Wo immer du auftauchst, verdrehen sich sämtliche Mädchen die Köpfe, und du, du schaust nicht einmal hin.“

„Vielleicht bin ich Girls gegenüber von Natur aus misstrauisch“, lächelte Robert. „Glaubst du, ich hätte gern, dass es mir so geht wie einigen Typen hier? Schau dir bloß Olaf an. Die halbe Schule kennt sein Intimleben. Oder Rolf, der sich für Mister Universum persönlich hält. Die Spatzen pfeifen es inzwischen von den Dächern, was für ein Macho er ist.“

„Du bist doch aber kein Macho“, hielt Paul dagegen. „Wovor fürchtest du dich also?“

Robert seufzte. „Vielleicht bin ich echt nur komisch. Oder aber auch nur zu anspruchsvoll. Schon allein nur die Vorstellung, dass mein Mädchen mit seiner Freundin über mich redet, ist mir unangenehm.“ Nach Worten suchend, hielt er einen Moment inne. „Vielleicht liegt es auch an meinem Job. Wenn die Bande hier rauskriegt, dass ich für Ruth arbeite, hab ich überhaupt keine Ruhe mehr. Erinnerst du dich noch daran, wie es mit Claudia war? Ihr Vater arbeitete doch bei einer Schallplattengesellschaft. Was haben sie das arme Mädchen gelöchert.“

„Das stimmt“, nickte Paul. „Sie hat ja dann auch Leine gezogen“, erinnerte er sich. „Ja, ich glaube, du hast Recht. Und mir wäre es auch nicht so sympathisch, wenn andere über mich klatschen und tratschen würden.“

„Und weil man den Leuten leider nicht in die Köpfe schauen kann, bin ich halt extrem vorsichtig und misstrauisch.“

„Und was ist jetzt mit dieser Andrea? Sprichst du mit ihr?“

Robert seufzte tief „Ich fürchte, ich muss es riskieren, denn ich brauche sie. Nach neuestem Stand der Dinge wird meine

Mutter noch eine Weile nicht voll einsatzfähig sein. Sie braucht einfach Hilfe, und da Andrea sich auskennt ... Ich hoffe schwer, dass sie nicht zu den Klatschbasen gehört." Robert lächelte schief. „Wenn sie eine ist, ist es eh schon zu spät. Immerhin weiß sie ja schon, dass ich bei Ruth jobbe. Die Kleine weiß sowieso ziemlich viel. Dass ich mit Körner Trouble hatte, war ihr auch bekannt."

Erstaunt zog Paul die Augenbrauen hoch. „Vielleicht interessiert sie sich für dich."

Robert wich seinem Blick aus und starrte auf seine Stiefelspitzen. „Das glaubst du doch selbst nicht. Sie hat längst einen Freund. Warum sollte sie auf mich scharf sein?"

Paul schmunzelte amüsiert. „Sind bei euch zu Hause alle Spiegel verhangen oder was?"

Robert machte eine ungeduldige Handbewegung. „So toll bin ich bestimmt nicht. Im Grunde genommen bin ich sogar richtig spießig, aber sag das bloß nicht weiter."

„Ach ja?", neckte Paul ihn. „Erzähl doch mal!"

„Da gibt es nichts zu sagen. Du weißt doch ganz genau, wie ich lebe. Ruth meinte neulich, es wäre eine Schande. Sie hat mich gefragt, ob ich oft ausgehe."

„Was soll man denn auch in der Disco?", knurrte Paul. „Man trifft ja doch immer nur dieselben Leute."

„Aber immer anders ... gepaart", erwiderte Robert. „Ein wirklich passendes Wort, findest du nicht?"

„Womit wir wieder beim Thema wären", seufzte Paul und stand auf. „Was soll's? Die netten Mädchen sind eh schon alle vergeben. Was bleibt, sind solche Ziegen wie diese Silke, und mit denen will ich mich echt nicht belasten."

„Ich glaube, das Mädchen, das wir beide suchen, muss erst noch geboren werden", pflichtete Robert dem Freund bei. „He! Schau doch mal!"

„Andrea und Stefanie. Gehen wir mal hin?“

Robert überlegte nicht lange. „Warum nicht? Wir können ja über das schöne Wetter reden“, alberte er.

„Schau dich jetzt bloß nicht um, Andy“, warnte Stefanie, die zufällig gesehen hatte, wie Robert und Paul auf sie zuschlenderten. „Wir kriegen Gesellschaft.“

„Sag bloß, von Tobias.“

„Nein, vom Traum deiner schlaflosen Nächte nebst Bodyguard. Lächele, Andy, und bleib ganz cool. Ich bin ja bei dir“, zwinkerte sie ihr zu.

„Hi“, grüßte Robert betont lässig, beide Hände tief in den Hosentaschen seiner Jeans vergraben. „Na? War euer Morgen auch schon so ätzend wie unserer?“

„Geschichte und Politik, das kann einem den ganzen Tag verderben“, erwiderte Stefanie und besah sich Robert genauer. Aus dieser Nähe wirkte er eigentlich noch toller als aus der Ferne. Kein Wunder, dass Andrea total auf ihn abfuhr. Rasch schaute sie zu Paul hin, der zwar längst nicht so attraktiv war wie Robert, der ihr aber auch ganz gut gefiel. „Was habt ihr denn schon ertragen?“

„Mathe.“ Robert schnitt eine Grimasse. „Das sind die Stunden in der Woche, in denen ich mir manchmal überlege, ob sich ein Mord nicht doch lohnt.“

„Klar doch“, stichelte Stefanie lachend. „Im Knast hat man seine Ruhe, geregeltes Essen und viel, viel Zeit. Lass es lieber. So Typen wie Körner gibt es leider en masse. Bei uns ist es die Wolters, die uns nervt. Die beiden sollten heiraten.“

„Bloß nicht“, feixte Paul gespielt entsetzt. „Die Wolters ist doch noch im gebärfähigen Alter. Stell dir vor, die zwei bekämen noch ein paar kleine Paukerchen. Nicht auszudenken.“

„Auch wieder wahr. Man müsste alle Pauker zum Mond

schießen“, spann Stefanie den Faden weiter. „Alle netten hat man uns abgeknöpft und andere Schulen mit ihnen beglückt. Was uns geblieben ist ... Schrott, sage ich euch, nichts als Schrott. Gestern kam unser Politiklehrer an und hat uns echt niedergemacht. Moralisch, meine ich.“

„Glaubst du, bei uns ist es besser?“, fuhr Robert fort. „In der Oberstufe ist es eigentlich noch schlimmer geworden. Egal, was man tut oder sagt, ständig kriegt man das bevorstehende Abi vorgehalten. Ich kann es fast nicht mehr hören.“

Eine Weile kauten die drei sämtliche Lehrer der Schule durch und klagten sich gegenseitig ihr Leid, nur Andrea beteiligte sich nicht an der Unterhaltung und blieb stumm wie ein Fisch. Als Paul eine entsprechende Bemerkung machen wollte, schellte es, und sie mussten sich trennen.

„Du hättest ja auch mal ein Wort sagen können“, beschwerte sich Stefanie auf dem Weg nach oben. „Oder hast du ein Schweigegelübde abgelegt?“

„Ich konnte nicht“, stöhnte Andrea. „In mir war wieder der Teufel los. Ich kann echt nichts dafür, aber plötzlich ging es bei mir da oben im Kopf zu wie im Kino. Es ist manchmal schlimm, und dann plötzlich ist wieder alles okay“, versuchte sie zu erklären.

„Andy, Andy“, seufzte Stefanie. „Wärest du nur ein bisschen cooler. Der arme Robby ist doch kein Menschenfresser.“

„Aber er verwirrt mich total. Ich kann nichts dagegen machen. Ein Glück, dass er so selten in die Boutique kommt, denn sonst könnte ich für nichts mehr garantieren.“

„Entweder bist du hochgradig allergisch gegen ihn, oder du bist wirklich bis über beide Ohren verknallt.“

„Mehr noch. Ich liebe ihn, Stef. Ich ... ich verstehe mich ja manchmal selbst nicht. In einem Moment bin ich echt total cool, und dann ... dann könnte ich dir genau sagen, wie viele

Nerven ich besitze. Und erst mein Magen. Du, in dem ist die Hölle los.“

„Was wird das denn mal, wenn er sich tatsächlich für dich interessiert?“

„Ich weiß nicht“, murmelte Andrea heiser. „Ich fürchte, wenn er mich mal küsst, falle ich glatt in Ohnmacht.“

„Dann wird Robby vor Begeisterung bestimmt an die Decke springen“, alberte Stefanie. „Mädchen, Mädchen, was soll ich bloß mit dir machen?“

„Am besten nichts. Ich versuche ja, mich zu beherrschen.“

# 10. Kapitel

Am Mittwoch, Andrea war gerade dabei, einen Kleiderständer neu zu ordnen, kam Robert in die Boutique gestürzt. Sein Gesicht war aschgrau, sodass Andrea erschrak.

„Ist was passiert?“, entfuhr es ihr.

„Wo ist Renate?“, fragte er, statt zu antworten.

„Schon weg“, murmelte Andrea verstört. „Kann ich dir helfen?“

Sekundenlang schaute Robert sie an, so intensiv, dass Andrea errötete. Sie ahnte nicht, wie süß sie in diesem Moment aussah. Unwillkürlich streckte Robert die Hand aus, zog sie aber sofort wieder zurück, so als hätte er sich verbrannt. Leise stöhnend ging er an ihr vorbei in das kleine Büro, das sich direkt an den Verkaufsraum anschloss. Unschlüssig, wie sie sich verhalten sollte, schaute Andrea ihm nach. Erst als eine neue Kundin das Geschäft betrat, riss sich sich zusammen, hängte die Kleider rasch auf und ging der Frau entgegen. Als sie sich nach deren Wünschen erkundigte, zitterte ihre Stimme nur ein ganz klein wenig. Zum Glück nahm die Kundin sie dermaßen in Anspruch, dass Andrea den nur wenige Meter von ihr entfernt sitzenden Robby für eine Weile vergaß. Die Kundin probierte zig Kleider an, begutachtete jedes äußerst kritisch und hatte an allem etwas zu bemängeln. Nur Andreas angeborenem Verkaufstalent war es zu verdanken, dass sie sich schlussendlich doch noch für einen leichten Sommerrock mit der dazu passenden Bluse entschied.

„So eine Zimtzicke", erklang es plötzlich in Andreas Rücken. Erschrocken wirbelte sie auf dem Absatz herum, und da stand Robby, lässig an die Tür gelehnt, jetzt wieder mit einer fast normalen Gesichtsfarbe.

„Musst du mich so erschrecken?", entfuhr es Andrea ärgerlich.

„Tut mir Leid, aber ich musste das sagen. Sind alle Kunden so?"

Andrea, längst wieder versöhnt, lächelte leicht. „Nein, zum Glück nicht, aber solche Leute reizen mich ganz besonders."

„Sie reizen dich?", wiederholte Robert überrascht und ungläubig zugleich. „Das kann nicht dein Ernst sein."

„Ist es aber. Diese Frau eben ... Das, was sie gemacht hat, war einer der typischen Frusteinkäufe. Sie hatte garantiert Ärger, und deshalb wollte sie sich was Gutes tun."

„He, he", sagte Robert und wiegte den Kopf bedenklich hin und her.

„Es ist aber so", versicherte Andrea. „Mir selbst geht es doch nicht anders. Wenn ich mich tierisch geärgert habe, gehe ich immer in die Stadt. Ich brauche dann einfach ein paar Streicheleinheiten. Und die kriegt man, wenn man sich was Schönes kauft."

Robert atmete hörbar ein. Fasziniert betrachtete Andrea, wie sich seine muskulöse Brust wölbte, und dann wieder senkte.

„Was ist denn mit deinem Freund? Er müsste doch für genügend Streicheleinheiten sorgen."

Andrea erstarrte. Sekundenlang rang sie mit sich, ob sie Robby nicht doch die Wahrheit sagen sollte. Ihr Zögern schien ihm zu lange zu dauern. Mit großen Augen schaute sie zu, wie er sich langsam vom Türrahmen abstieß und auf sie zukam, und das raubte ihr den Rest ihres klaren Verstandes. Die Lippen leicht geöffnet, konnte sie den Blick nicht von Robby wenden. Plötzlich stand er so nah vor ihr, dass sie seine Körperwärme deutlich spüren konnte. Sein Atem streifte sie, und völlig idiotischerweise musste sie daran denken, dass er ein Mundspray benutzte, oder aber er hatte gerade einen Kaugummi gekaut. Irgendetwas, das frisch duftete. Wie von selbst schaute sie zu ihm auf, und das war der größte Fehler. Als sie in seine Augen sah, in denen sie sich widerspiegelte, schien die Welt aufzuhören, sich zu drehen. Tu was! Sag was!, dröhnte eine Stimme in ihrem Kopf, aber Andrea war unfähig, sich zu rühren. Robert schien den eigenartigen Reiz ebenfalls zu verspüren, denn plötzlich veränderten sich seine Augen, wurden weich, fast zärtlich. Sekundenlang – oder waren es Stunden? – schauten sie sich an. Endlich räusperte er sich und ging an Andrea vorbei zu einem der Chromständer. Rasch bückte er sich und hob ein kurzes Stretchjäckchen auf, das zu Boden gefallen war.

Scheinbar interessiert betrachtete er es von allen Seiten, bevor er es sorgfältig zurück an seinen Platz hängte.

„Kommt Renate heute nicht mehr zurück?“, fragte er mit einer Stimme, die seltsam heiser klang. „Hat sie dir was gesagt?“

„Nur ... nur, dass ich abschließen soll. Sie holt den Schlüssel später bei mir zu Hause ab“, antwortete Andrea wie in Trance. Hilf mir, betete sie leise. Hilf mir bitte sofort und auf der Stelle. Unter Aufbietung aller Kräfte stakste sie zu den Kabinen und nahm die Kleider an sich, die die Kundin eben probiert und dann doch wieder verworfen hatte. Mit größter Sorgfalt trug sie Stück für Stück an die entsprechenden Plätze zurück. Und immer noch machte Robert keine Anstalten, wieder zu gehen. Stattdessen schlenderte er an den vielen Ständern und Regalen vorbei, betrachtete mal dieses, dann wieder jenes Stück scheinbar interessiert. Wenigstens schaute er sie nicht mehr an. Andrea zwang sich, mehrmals ganz tief und bewusst durchzuatmen, und das half ihr wieder einmal.

„Suchst du was? Die Sachen passen dir aber nicht", versuchte sie zu scherzen.

„Ich schaue sie mir nur an", murmelte er. „Sie sind sehr schön. Der Schlabberlook ist wohl wieder vorbei."

„Was verstehst du denn schon von Mode?", erwiderte Andrea spröde und ohne nachzudenken.

Robert lachte leise. „Mehr als du denkst. In den Ferien spiele ich Dressman. Ich bin mal gespannt, ob ich das bringe. Wenn ich ehrlich bin, graut mir schon heute davor. So was ist ganz anders als das, was ich bisher gemacht habe."

„So?", nuschelte Andrea, obwohl es sie brennend interessierte.

„Ja, bisher habe ich immer im Studio gearbeitet. Da sind zwar auch eine Menge Leute drum herum, aber die kenne ich alle." Verträumt ließ Robert die Fingerspitzen über ein paar Kleider gleiten. „Die meisten kenne ich sogar schon seit Jahren. Das liegt wohl an Ruth. Ihre Leute sind ihr treu. Da geht keiner gern weg, egal ob Visagist oder Fotograf. Charly ist eine echte Ulknudel. Er schießt tausende von Fotos, ein echtes Arbeitstier, aber toll. Alle sind toll." Als Andrea nicht antwortete, fuhr er wie zu sich selbst weiter fort: „Ich war winzig, als ich zum ersten Mal vor einer Kamera stand. Damals noch mit meiner Mutter. Sie sieht gut aus. Aber du kennst sie ja."

Andrea biss sich auf die Lippen. Dass sie vorgegeben hatte, seine Mutter zu kennen, hatte sie in der Aufregung schon wieder vergessen. Lügen haben doch kurze Beine, schoss es ihr durch den Kopf.

„Wie ... wie geht es denn überhaupt?", fragte sie leise. „Ich meine, wo sieht man die Bilder von dir?"

„Das ist ganz verschieden. Meistens auf Prospekten oder Wurfsendungen. Oder auch in kleinen Modekatalogen der hiesigen Kaufhäuser. Es macht schon viel Spaß."

„Ist das denn nicht anstrengend?"

Robert schaute kurz auf, senkte den Blick aber sofort wieder. „Nein, nur manchmal, vor allem, wenn man unter Zeitdruck steht. So wie neulich, als ich Zoff mit Körner bekommen habe. Normalerweise nehme ich nur Jobs für nachmittags oder abends an, aber im Moment ... Es ist alles so ... so ..." Vergeblich suchte er nach einem passenden Wort.

Andrea wagte kaum noch zu atmen. Ganz deutlich spürte sie, wie aufgewühlt er war, konnte sich aber nicht erklären, weshalb. Plötzlich erinnerte sie sich an seine Mutter. Ob mit ihr was passiert war? Sie traute sich nicht, danach zu fragen.

„Weißt du, was ich mir wünsche? Ich möchte gern wissen, was wird. Ich finde es beschissen, wenn man nicht weiß, was einen erwartet." Robert zog die Unterlippe zwischen die Zähne und griff nach einem Pulli. Andrea hätte jeden Eid darauf geschworen, dass er nicht einmal wusste, was er tat. Sie war total verwirrt und fühlte sich vollkommen hilflos. Zum Glück erschien eine neue Kundin, der sie sich widmen musste. Da Robert immer noch im Verkaufsraum stand und auch keine Anstalten machte zu gehen, riss sie sich ganz gehörig zusammen.

„Kann ich Ihnen helfen?", erkundigte sie sich freundlich. Nur der, der sie gut kannte, hätte gemerkt, wie aufgesetzt ihr Lächeln war.

„Ich wollte mir mal Ihre Röcke ansehen. Ich hätte gern einen möglichst langen, sehr engen Rock. Zeigen Sie mir was?"

„Ja, gern." Rasch ging Andrea nach hinten und kramte eine kleine Auswahl hervor.

„Die sind ja irre", gurrte die Frau und verdrehte die Augen. Emsig zeigte sie auf die Umkleidekabinen. „Darf ich mal?"

„Selbstverständlich.“ Andrea suchte bewusst weiter und holte sogar die zu den Röcken passenden Oberteile heraus. Obwohl sie Roberts Blicke in ihrem Rücken spürte, drehte sie sich nicht ein einziges Mal um.

„Hier haben ich etwas ganz Ausgefallenes“, sagte sie durch den Vorhang hindurch. „Die Bluse sieht gut zu dem hellen Rock aus.“ Noch eine ganze Weile hatte sie alle Hände voll zu tun, zumal noch weitere Kundinnen kamen. Geschäftig rannte Andrea hin und her, beriet hier und beriet dort und war froh, dass es so viel zu tun gab. Unauffällig schaute sie auf die Uhr. Zum Glück war es schon fast halb sieben. Aus den Augenwinkeln bemerkte sie, dass Robert inzwischen zur Kasse gegangen war. Geh da weg, flehte sie im Stillen. Wie um alles in der Welt sollte sie richtig abrechnen, wenn er in ihrer Nähe war? Und dann klappte es doch. Robert folgte der letzten Kundin und verschloss die Eingangstür. Sorgfältig schob er das schwere Eisengitter vor und sicherte es, während Andrea wie üblich die Verkäufe notierte. Als sie sich daran machte, die Kasseneinnahme zu sortieren, ging Robert ins Büro.

„Möchtest du etwas trinken? Wir haben Orangensaft und Cola hier.“

„O-Saft“, rief Andrea zurück und wunderte sich, dass ihre Stimme immer noch recht normal klang. Sekunden später reichte Robert ihr ein Glas. Ihre Fingerspitzen berührten sich, und für Andrea war es, als hätte sie in helles Feuer gegriffen. Sie zog die Hand so hastig zurück, dass das Glas überschwappte.

„Sorry“, entschuldigte sich Robert. „Meine Schuld.“

„Es war nicht deine Schuld, sondern meine. Lass nur. Ich wisch das auf“, rief sie, als er begann, in seinen Taschen zu suchen. Sie stellte das Glas ab und suchte nach einem Tuch. Gleichzeitig mit Robert bückte sie sich, und prompt stießen ihre Köpfe gegeneinander.

„Au“, kam es gleichzeitig aus beiden Kehlen, und damit war das Eis gebrochen.

Andrea lachte laut, und Robert schloss sich ihr an.

„Ich fürchte, heute ist nicht mein Tag. Kennst du das? Irgendetwas geht daneben, und prompt geht alles schief. Das hat heute Früh in der Schule schon angefangen.“

„Ja, ich hatte auch so einen blöden Tag“, erzählte sie ihm. „Erst hab ich mich mit meinem Exfreund gekabbelt, dann mit dem Typ vom Samstag.“

„Was war denn?“

Wie ein Wasserfall sprudelte Andrea die ganze Story hervor.

„Wenn ich was hasse, dann ist es hinterhältiges Gerede“, stimmte ihr Robert zu. „So was kann ich echt nicht ab. In der Agentur gab es neulich mal einen ähnlichen Fall. Ruth hat kurzen Prozess gemacht und das Mädchen gefeuert.“

„Es sind nicht nur die Mädchen, die so dumm quatschen“, warf Andrea ein.

Robert lächelte sie an. „Jungs sind manchmal größere Klatschonkel. Sagt man so?“

„Wenn nicht, dann hast du halt ein neues Wort kreiert“, alberte Andrea.

„Weißt du was? Wir zwei verschwinden jetzt von hier. Hast du Lust auf einen Mega-Burger? Wir könnten natürlich auch ins Salvatore gehen. Am Sonntag hat es dir doch dort so gut geschmeckt.“

Andrea zögerte. Eigentlich konnte sie es wagen, mit ihm zu gehen, denn ihre Eltern waren eh nicht zu Hause, aber dann erinnerte sie sich an Renate, die gegen sieben den Schlüssel bei ihr abholen wollte.

„Es geht nicht.“

Prompt verdüsterte sich Roberts Gesicht dramatisch. „Ich verstehe, dein Freund.“

„Ach, Unsinn. Ich habe an Renate gedacht. Sie will doch gleich den Schlüssel bei mir abholen."

„Wenn es weiter nichts ist. Den können wir ihr auch bringen. Ich bin mit der Vespa hier. Nein, das geht doch nicht. Ich habe leider keinen zweiten Helm." Robert zog die dichten Augenbrauen zusammen. „Wir rufen sie an. Vielleicht ist sie ja schon ..." Sofort ging er ans Telefon und tippte eine Nummer ein. Sekunden später drückte er die Gabel nieder und wählte eine andere Nummer.

„Ist Frau Stommers da?", bellte er in den Hörer. „Verstehe. Nein, danke. – Ach ja? Das trifft sich gut. Könnten Sie ihr was ausrichten? Sagen Sie ihr bitte, dass ich nachher zu ihr komme und ihr den Schlüssel von Frau ... Wie heißt du überhaupt?", wandte er sich an Andrea.

„Wenzel."

„Von Frau Andrea Wenzel bringe. – Ja, dann weiß sie schon Bescheid. Bitte, nicht vergessen, ja? – Danke. Und schönen Abend noch." Nachdem er aufgelegt hatte, blitzten seine Augen Andrea an. „Na? Bin ich gut? Es ist alles geregelt. Wir können gehen."

„Ja, dann ... Ich muss mich aber noch rasch kämmen", wollte sich Andrea entschuldigen, aber Robert hielt sie fest. Mit den Fingerspitzen fuhr er sanft durch ihr Haar.

„So bist du gut genug. Man soll die Menschheit nicht zu sehr verwöhnen", murmelte er, bevor er beinahe zum Hinterausgang rannte.

„Jedenfalls kenne ich jetzt jeden Auftrag", gluckste Andrea und wechselte den Hörer in die linke Hand. Die rechte kribbelte bereits, so lange telefonierten sie und Stefanie schon zusammen.

„Endlich hörst du dich wieder wie ein normaler Mensch an", kicherte Stefanie, die wieder geduldig zuhörte.

„Beim nächsten Mal sage ich ihm, dass ich überhaupt keinen Freund habe“, sprudelte Andrea weiter hervor. „Ich hätte es schon eben gemacht, aber dann hab ich es doch gelassen, weil ... weil ich es halt besser fand. Ach, er ist echt sooo süß.“ Als sie wieder Roberts diverse Vorzüge aufzuzählen begann, verdrehte Stefanie die Augen. Dennoch hörte sie treu und brav zu, zumal Andrea ja Recht hatte. Robert war ein ganz besonderer Mensch, daran gab es nichts zu rütteln, und dass er längst nicht so war wie die anderen Jungs, stimmte auch. Was ihr regelrecht imponierte, war, dass er in seinem Alter bereits gut verdiente, und das auch noch einfach so nebenher.

„Und vor der neuen Show hat er regelrecht Schiss. Es ist das erste Mal, dass er sich vor Publikum präsentieren muss. Ich frage mich bloß, weshalb er den Job angenommen hat. Ich meine, wenn er doch Angst hat, dann könnte er doch einfach nein sagen, oder?“

„Warum fragst du mich? Frag doch ihn, er muss es ja wissen.“

„Das werde ich auch. Beim nächsten Mal, denn dass es ein nächstes Mal gibt, ist so sicher wie das Amen in der Kirche. Ach, Stef, ich könnte platzen vor Glück.“

„Siehst du, manchmal lohnt es sich doch zu warten.“

„Ja, und jetzt ... du, es ist echt ganz toll. Ich meine, gerade jetzt, so am Anfang“, stotterte sie. „Ich hab eben noch daran gedacht, dass wir ganz am Anfang stehen. Es gibt immer etwas, auf das man sich freuen kann. Verstehst du, was ich meine?“

„Sag ich doch. Es muss nicht alles Knall auf Fall gehen. Step by step, das ist viel, viel toller.“

„Du, ich muss jetzt Schluss machen. Ich glaube, ich habe meine Eltern gehört. Wir sehen uns dann morgen.“

„Schlaf gut“, wünschte Stefanie.

„Du auch“, wisperte Andrea. Als sie aufgelegt hatte, fühlte

sie, dass ihr ganzer Rücken verkrampft war. „Man sollte nicht stundenlang telefonieren“, murmelte sie und beeilte sich, ins Bett zu kommen. Keine Sekunde zu früh, denn schon wurde die Wohnungstür aufgeschlossen.

„Sei ja leise“, hörte sie ihre Mutter sagen. „Andy schläft sicher schon.“

Rasch zog sie die Bettdecke bis unters Kinn und schloss die Augen. Dieser Tag würde bis ewig fest in ihrem Gedächtnis bleiben, denn für sie war es der bisher schönste Tag in ihrem Leben gewesen. Es kommen garantiert noch schönere, sagte sie sich im Stillen. Sie war jetzt schon gespannt darauf, wie es zwischen ihr und Robert weitergehen würde. Denn dass sie ihm nicht völlig gleichgültig war, hatte sie heute Abend festgestellt. Ein paarmal hatte er sich ganz seltsam benommen, und dann die vielen Blicke. Aber mehr als seine Augen hatte ihn verraten, dass er ihr so viel von sich erzählt hatte. Später hatte er dann auch zugegeben, dass er normalerweise sehr verschlossen war. Andrea schmunzelte amüsiert vor sich hin. Bei ihr war er gar nicht zugeknöpft gewesen. Sie hatte eben bei Stefanie nicht übertrieben. Einmal angefangen, hatte er immer mehr von sich erzählt. Und sie hatte ihm nur zu gern zugehört. Robby konnte toll erzählen, so anschaulich, dass sie manchmal das Gefühl gehabt hatte, mit dabei gewesen zu sein. Von dieser Ruth hatte er regelrecht geschwärmt, so sehr, dass es ihr einen kleinen Stich gegeben hatte, aber dann hatte er beiläufig erwähnt, dass Ruth schon Mitte der Vierzig war, und das hatte sie wieder beruhigt. Dass ein Typ wie er nicht hochnäsig geworden ist, schoss es ihr plötzlich durch den Kopf. Andere Jungs in seiner Lage wären bestimmt ausgeflippt. Sie versuchte, sich Tobias als Model vorzustellen. Er hätte es garantiert jedem auf die Nase gebunden. So wie vor einigen Wochen, als er ein Autogramm von Janet Jackson bekommen hatte. Richtig albern. Nein, Robby hätte es nicht nötig, mit seinen Erfolgen hausieren zu gehen. Ob er schon viele Freundinnen gehabt hatte? Toll genug sah er aus, aber irgendwie hatte sie den Eindruck, dass er Mädchen gegenüber misstrauisch war. Dafür sprach auch sein Verhalten in der Schule. Dass Mädchen wie Silke ihm auf den Geist gingen, war nicht zu übersehen. Andrea seufzte versonnen. Vielleicht würde sie seine erste richtige Freundin werden. Glaub doch nicht so was!, meldete sich ihre innere Stimme. Er ist über achtzehn und hat bestimmt schon mal mit einem Mädchen geschlafen. Vergeblich versuchte sie sich vorzustellen, wie seine Freundin ausgesehen haben könnte. Da ihr dieser Gedanke im höchsten Maß unsympathisch war, schob sie ihn schnell wieder beiseite. Viel lieber dachte sie daran, wie er sie eben in der Boutique mit den Fingern gekämmt hatte. Es war so eine rührende Geste gewesen. Bis in die Haarwurzeln hatte sie seine Hände gefühlt, dabei war er so vorsichtig gewesen, dass es nicht einmal geziept hatte. Und dann später im Burger King. Ach, war das toll gewesen. Ein paar andere Mädchen hatten sie fast mit Blicken erdolcht. Ohne zu übertreiben, konnte sie behaupten, dass sie ein schönes Paar waren, das auch Aufsehen erregte. Wie von selbst tastete ihre Hand nach ihrem Kuschelkissen. Ganz fest drückte sie es an sich, und jetzt brauchte sie nicht mehr nur zu träumen. Ein Teil ihres größten Wunsches war schon Wirklichkeit geworden. Sie sprachen miteinander, waren sogar schon zweimal ausgegangen, und schon bald, sehr, sehr bald, würde noch mehr passieren.

„Ich liebe dich, Robby", murmelte sie in ihr Kissen. Es dauerte nicht lange, da fielen ihr die Augen zu. Zum ersten Mal nach über zwei Monaten träumte sie nichts. Sie schlief tief und fest und völlig traumlos durch, bis der Wecker rasselte.

# 11. Kapitel

Robert fluchte, als er kurz vor zehn aufwachte. Ungläubig starrte er auf die grünen Zahlen seines Digitalweckers. Null, neun, fünf, fünf. Das hieß im Klartext, die erste Pause war gerade zu Ende, und die dritte Stunde hatte angefangen. Selbst wenn er mit Vollgas zur Schule brausen würde, würde er höchstens zeitig zur vierten Stunde kommen. Was hatte er denn bisher alles versäumt? Englisch, eine Doppelstunde und ... Oh nein, Robert schüttelte sich wie ein Hund, aber es half nichts. Er hatte Mathe verpasst. Diesmal würde Körner ihm den Kopf abreißen. Wie um alles in der Welt hatte es aber auch passieren können, dass er verschlafen hatte? Mit einem Sprung war er aus dem Bett. Als sein Blick in den Badezimmerspiegel fiel, streckte er sich selbst die Zunge heraus. Statt wie üblich lauwarm, duschte er an diesem Morgen eiskalt, bis er mit den Zähnen klapperte. In aller Eile trocknete er sich ab und stieg in seine Kleider. Zwanzig Minuten vor elf kam er in der Schule an und lief Körner prompt in die Arme. Wenn Blicke hätten töten können, hätte es keinen Robby mehr gegeben.

„Ich ... ich habe verschlafen", nuschelte er. „Es tut mir Leid."

Körner musterte ihn kalt. „Das ist Ihr Bier, junger Mann,

aber ich gebe Ihnen einen guten Rat: Wenn Sie hier ihr Abitur machen wollen, sollten Sie sich etwas mehr bemühen.“

„Es wird nicht wieder vorkommen“, versprach Robert geknickt und raste in das Klassenzimmer.

„Morgen, Herr Dauvermann. Haben Sie gut geschlafen?“, stichelte Paul.

„Ich habe verschlafen“, knurrte Robert. „Der Himmel weiß, weshalb.“

Paul zwinkerte ihm zu. „Ich glaube, ich kenne den Grund. Er ist ziemlich groß, hat wundervolles langes Haar und heißt ...“

„Moment mal. Woher weißt du das?“

Paul lächelte geheimnisvoll. „Du kennst doch den blöden Spruch: Gott weiß alles, die lieben Nachbarn wissen mehr. In diesem Fall waren es nicht die lieben Nachbarn, sondern die lieben Mitschüler. Jemand muss euch gestern Abend gesehen haben, jedenfalls weint sich die schöne Silke jetzt die Augen aus und schwört Andrea bittere Rache.“

„Silke? Was hat sie denn damit zu tun?“

„Sie ist eifersüchtig, was sonst? Ich hab es eben in der Pause zufällig mitbekommen. Mann, hat das Mädchen Ausdrücke.“

„Was hattest du denn mit dieser Tante zu schaffen?“, wunderte sich Robert, der wusste, dass Paul sich ja auch bewusst von den anderen fern hielt.

„Da du nicht aufgetaucht bist, hab ich mich einsam und verlassen in ein stilles Eckchen zurückgezogen“, feixte Paul. „Leider blieb es nicht lange still, denn plötzlich kam Silke mit den anderen angedackelt. Silke hat sich lautstark darüber beschwert, dass ihr geliebter Robby – ein wörtliches Zitat, mein Freund – sie schamlos betrogen hat und mit dieser ach so grässlichen Andrea ausgegangen ist. Bei Burger King. Man stelle sich das mal vor“, übertrieb Paul augenzwinkernd.

„Wennschon. Was interessiert mich, was diese Tussi sagt?“

„Braucht es auch nicht. Das Mädchen ist eh unterbelichtet. Aber nun erzähl mal! Wieso warst du mit Andrea aus?"

„Weil ... weil es sich so ergeben hat. Du, ich hab gestern eine saftige Rechnung bekommen. Der Steuerberater verlangt doch tatsächlich über zweitausend Euro von uns. Dafür muss eine alte Frau ganz schön lange stricken."

Paul pfiff leise durch die Zähne, aber da es schellte, setzten sich die beiden Freunde schnellstens hin. Erst in der nächsten großen Pause kam Paul auf das Gespräch zurück.

„Und warum verlangt der Typ so viel?", wollte er wissen.

„Das frage ich mich auch. Jeder verklickert uns, wie unrentabel das Geschäft ist, und dann so was."

„Und was machst du jetzt?"

„An mein Sparbuch gehen, was sonst? Ich muss den Typ bezahlen. Der Himmel weiß, was sonst noch alles geschieht."

„Und was sagt Renate dazu?"

„Ich hab gestern nur noch ganz kurz mit ihr reden können, aber die Rechnung scheint in Ordnung zu sein. Sie will sie aber nachher noch einmal überprüfen."

„Bockmist hoch drei. Ganz schön viel Knete."

„Stimmt. Ich brauche noch mehr Jobs."

„Klar", höhnte Paul. „Sprich doch mal mit Ruth. Vielleicht legt sie deinetwegen eine Nachtschicht ein."

Robert stöhnte entnervt. „Ich weiß, es ist Wahnsinn, noch mehr zu schuften, und doch ... Mensch, Paul, ohne mich ist meine Mutter geliefert. Dann muss sie das machen, was sie immer vermeiden wollte: Schulden. Bisher haben wir es immer mit Ach und Krach geschafft, schuldenfrei zu bleiben."

„Und wenn ihr doch verkauft?"

Robert presste die Zähne so fest zusammen, dass seine Kieferknochen ganz deutlich zu sehen waren. „Das ist echt der letzte Ausweg, wenn gar nichts mehr geht."

Paul zögerte, aber dann rang er sich doch dazu durch, seine ehrliche Meinung zu sagen. „Nichts gegen die Erfüllung eines Traumes, aber lohnt sich das?“

„Nein“, kam es wie aus der Pistole geschossen. „Es wäre für uns beide besser, wenn Mutter verkaufen und bei Ruth anfangen würde. Hinzu kommt, dass ihr die Werbebranche ja auch immer gefallen hat. Nur ... ich bringe es einfach nicht übers Herz, ihr zu sagen, dass sie verkaufen soll. Und außerdem ... es ist ihr Geschäft, nicht meins.“

„Aber du finanzierst es mit“, gab Paul zu bedenken. „Dass sie von deinem Vater kein Geld gewollt hat, kann ich zur Not ja noch verstehen, aber wenn sich der Laden nicht lohnt ...“

„Ich muss mal sehen“, murmelte Robert vage. „Gestern ging es ihr etwas besser. Wahrscheinlich kann ich sie am Samstag wieder besuchen. Ich möchte auf jeden Fall vermeiden, dass sie sich wieder so aufregt wie neulich. Ich glaube nämlich, dass ihr Rückfall in Zusammenhang mit den Listen stand, die Renate ihr gebracht hat. Bestimmt hat sie sie sich angeschaut, und wumms, war wieder alles aus.“

Paul nickte und dachte einen Moment nach. „Du bist doch volljährig. Kannst du denn nicht selbst ...“

„Spinnst du? Niemals würde ich so etwas tun.“ Robert räusperte sich heftig. „Damals, als das mit der Scheidung war, da hab ich mir vorgenommen, ich werde alles tun, damit sie zufrieden ist.“

„Das ist sehr löblich, Robby. Und ich verstehe dich ja auch, nur ... Bleib auf dem Teppich. Du musst genug pauken, und dazu kommst du doch gar nicht mehr. Und du solltest auch einmal an dich denken. Sonst klappst du nachher auch noch zusammen, und dann ist alles aus.“

„Keine Sorge. So schnell haut mich nichts um.“

„Gehst du nachher ins Geschäft?“, erkundigte sich Robert, der draußen vor der Schule auf Andrea gewartet hatte.

„Nein. Donnerstags hab ich die AG. Warum fragst du?“

Robert schaute schnell zu Stefanie hin, lächelte sie entschuldigend an und zog Andrea ein paar Schritte mit sich. „Ich ... ich wollte nur wissen, ob du nachher ... Aber wenn du zur Schule musst. Das heißt, wie lange dauert die AG?“, stotterte er.

„Bis sechs.“

Bedauernd schüttelte der den Kopf. „Nein, dann klappt es nicht. Ich muss um sechs zu Ruth. Und da wird es spät. Bestimmt zehn, bis ich fertig bin.“

„Was wolltest du denn?“, fragte Andrea nach und hoffte, dass er das heftige Pochen ihres Herzens nicht hörte.

„Mit dir reden. Einfach nur so“, druckste Robert herum. „Vielleicht ... vielleicht könnten wir uns am Sonntag sehen? Da hab ich nämlich frei. Und den ganzen Tag darf ich eh nicht im Krankenhaus bleiben.“

Nervös fuhr sich Andrea mit der Zunge über die Lippen, während ihre Augen einen träumerischen Glanz annahmen. „Sonntag geht klar. Und wann?“

„Mittags? Wieder bei Salvatore?“

„Ja, gern. Um eins?“

„Eins ist gut.“ Robert schaute sie noch einmal an. Was sein Mund nicht sagte, verrieten seine Augen, nämlich, dass er sich sehr freute.

„Ich hab ein neues Date mit ihm“, flüsterte Andrea verträumt, als sie wieder mit Stefanie allein war. „Und ich bin sicher, diesmal bringt er Paul bestimmt nicht mit.“

„Was war denn?“, wollte Stefanie neugierig wissen.

Andrea hakte sich fest bei ihr ein, und das war auch nötig, denn ihr ganzer Körper vibrierte und kribbelte, als hätten sämtliche Ameisen der Welt in ihm Quartier bezogen.

„Er wollte mich sehen. Er hat gefragt, ob ich nachher ins Geschäft komme. Und als er hörte, dass ich zur AG muss, haben wir uns für Sonntag verabredet. Hach, ist das Leben schön.“ Um ein Haar hätte Andrea vor Freude getanzt, aber da um sie herum immer noch ein paar ihrer Mitschüler standen, verzichtete sie darauf.

„Kommst du denn nachher noch mit auf einen Sprung in den Malkasten?“

„Von mir aus. Seit ich Dates mit Robby habe, bin ich zu allen Schandtaten bereit“, versicherte Andrea überglücklich.

„Nun übertreibe mal nicht so schamlos! Was ist schon dabei, wenn wir in den Malkasten gehen?“

„Robby, bitte! Wo bist du denn nur mit deinen Gedanken?“ mahnte Charly. „Du sollst nicht grinsen wie ein Honigkuchenpferd, sondern ein interessiertes Gesicht machen. Jaaa, so ist es schon besser. Die Kappe. Setz sie mal anders auf.“

Noch eine Weile ging es so weiter. Robert hatte zum ersten Mal richtige Mühe, sich auf seine Arbeit zu konzentrieren. Immer wieder wanderten seine Gedanken zu Andrea hin. Wie süß sie eben wieder ausgesehen hatte. Eine Schande, dass er ausgerechnet in dieser Woche so viel arbeiten musste. Nach dieser Session hatte er noch eine zweite, und morgen wollte Charly die Fotos für diese Modetussi schießen. Das wurde bestimmt eine endlos lange Sitzung. Und am Samstag, was lag eigentlich am Samstag an? Bloß der Besuch bei Mutsch, oder? Nein, da war noch was, aber was? Unwillkürlich musste Robert lachen, als er daran dachte, dass er bisher jeden einzelnen Termin im Kopf gehabt hatte. Und jetzt ließ ihn sein Gedächtnis auf einmal im Stich. Seltsam!

„Robby“, bellte Charly entnervt. „Beiß in eine Zitrone oder mach dir traurige Gedanken, aber bitte, bitte, bitte, lass dieses blöde Grinsen, Rob, sonst stehen wir um Mitternacht noch hier."

„Ruhig, Charly", mischte sich Ruth schmunzelnd ein. „Macht mal Pause, Jungs. Sandy hat euch Kaffee hingestellt." Leicht hakte sie sich bei Robert ein und zog ihn mit sich.

„Es tut mir Leid, Ruth. Ich ..."

„Schluss, Robby", mahnte sie ihn energisch. „Ich finde es schön, dass du endlich mal etwas fröhlicher bist. Ein gut aussehender Junge wie du, und dann immer diese Trauermiene. Oder war das etwa deine neueste Masche?"

„Unsinn, nein. Ich hab nie Maschen. Ich bin, wie ich bin. Ich weiß selbst nicht, weshalb ich auf einmal ständig lachen muss. Vielleicht solltest du nur noch Aufträge für mich annehmen, bei denen ich was zu lachen habe."

„Da kommt bald ein neues Getränk auf den Markt", überlegte Ruth laut weiter. „Dafür brauche ich jemanden wie dich."

„Her mit dem Auftrag", rief Robert.

Ein paar Augenblicke alberten die beiden noch miteinander, aber dann wurde Ruth wieder ernst. „Gibt es was Neues aus dem Krankenhaus?"

„Ja, Mutter geht es etwas besser. Ab Samstag darf ich wieder zu ihr."

„Deshalb also die gute Laune! Du wirst sehen, Robby, jetzt wird alles wieder gut!"

Roberts strahlende Laune hielt bloß an bis Freitag. Genauer gesagt bis zur zweiten Pause. Wie üblich spazierten er und Paul über den weitläufigen Pausenhof, als Pauls Schnürsenkel am Turnschuh plötzlich riss.

„Verdammt. Das Ding ist ja ganz faul", wunderte sich Paul, als er die beiden Enden miteinander verknoten wollte. „Ich muss mich mal eben setzen", knurrte er und deutete auf eine Bank, „sonst krieg ich das nämlich nicht geregelt."

Rasch zog er den Schnürsenkel ganz aus dem Schuh und machte sich daran zu retten, was noch zu retten war. Spöttisch schaute Robert ihm dabei zu.

„Ich würde mir nachher neue kaufen“, schlug er beiläufig vor. Da Paul ihm bloß einen vernichtenden Blick zuwarf und nichts erwiderte, zuckte Robert mit den Schultern, legte den Kopf in den Nacken und streckte sein Gesicht in die Sonne.

„Schaut ihn euch bloß an“, hörte er plötzlich eine leise Stimme sagen. „Unser Star. Na ja, er muss ja auch gut aussehen. Und wenn ihr mich fragt, man merkt sehr genau, welche Bräune echt ist und welche von der Sonnenbank stammt.“

„Ich frage mich, wie man sich für so was hergeben kann“, antwortete eine weitere, diesmal tiefere Stimme. „Mir könntest du eine Million bieten, dann würde ich so einen Unsinn wie Werbung nicht machen.“

„Man verdient aber viel damit. Angeblich ist der schöne Robby ein gefragtes Model.“

„Woher weißt du das?“, mischte sich eine dritte Stimme ein.

„Ich bin halt ein kluges Kerlchen, aber eins sage ich euch, diese Show schaue ich mir an, bewaffnet mit einem Kilo fauler Tomaten. Oder findet ihr Eier besser? Faule, natürlich.“

Robert wagte weder zu atmen noch sich zu bewegen. Wie erstarrt saß er da. Als Paul ihn leicht anstieß, richtete er sich ein wenig auf. Ein Blick in Pauls Gesicht genügte, und er wusste, dass der Freund dasselbe gehört hatte wie er.

„... den Spieß umdrehen. Vielleicht kann er mir auch so einen Job verschaffen“, sagte eine der weiblichen Stimmen.

„Spinn weiter. Wie ein Model siehst du bestimmt nicht aus.“

„Hört doch auf!“, schimpfte die andere Frauenstimme. „Jedenfalls ist er wohl doch nicht schwul.“

„Komm mit“, raunte Paul Robert zu, aber der reagierte nicht.

„Ich würde schrecklich gern wissen, was ...“

Entnervt sprang Paul auf, und die Stimme verstummte. Mit zusammengepressten Lippen schaute er auf seinen Freund, der wie in Trance wirkte. „Komm schon“, bat Paul heiser. Und diesmal erhob sich Robert, ohne zu widersprechen.

„Sie ... sie hat alles erzählt“, flüsterte er heiser. „Wie konnte sie so etwas tun?“

„Unsinn. Wer sagt denn, dass Andrea ...“

„Paul, bitte. Außer ihr hat doch kein Mensch gewusst, was ich mache.“

„Vielleicht hat dich einer in einem Prospekt wiedererkannt. Eigentlich hab ich immer schon mit so etwas gerechnet. Vor allem in letzter Zeit“, schwindelte Paul mitleidig.

Robert atmete hörbar durch die Nase ein, ohne auf Paul zu hören. „Man sollte keinem vertrauen“, presste er wütend und enttäuscht hervor. „Ich bin ein Esel, ein absoluter Narr.“

„Das bist du nicht, verdammt. Wir suchen Andrea jetzt, und dann sprichst du mit ihr. Sag ihr, was du gerade gehört hast.“

Robert hielt inne und funkelte den Freund verbittert an. „Einen Teufel werde ich. Ich will sie nie, nie wieder sehen. Weiber“, spie er angewidert.

„Robby, versuch es doch wenigstens. Du kannst doch nicht ...“

„Sei still. Es gibt nichts mehr zu reden. Für mich ist der Fall erledigt. Und eine Andrea Wenzel kenne ich nicht mehr. Nicht mal, wenn ich über sie stolpere.“

„Das ist unfair, Robby. Bloß weil ein paar Typen kariert gequatscht haben, denkst du, Andrea hätte dich verraten. Wenn ich es mir genau überlege ...“, versuchte Paul, noch was zu retten. „Vielleicht haben sie dich gar nicht gemeint.“

Robert schaute ihn lange gequält an. „Nett von dir, Kumpel, aber ich bin nicht aus Dummsdorf!“

An diesem Nachmittag war Andrea reichlich nervös. Immer wieder schaute sie erwartungsvoll zur Tür. In der Schule hatte sie Robby nur einmal ganz kurz von weitem gesehen. Nach dem Unterricht waren sie sich auch nicht begegnet, aber das war nicht ungewöhnlich. Obwohl sie wusste, dass er zu tun hatte, hoffte sie dennoch, dass er sich mal zwischendurch rasch in der Boutique zeigen würde, aber nichts geschah. Kurz vor halb sieben stürmte Renate ins Geschäft.

„Ich muss unbedingt mit dir reden, Andrea", eröffnete sie ihr.

„Ja?"

„Ich muss dringend nach München. Seit Wochen schiebe ich diese Reise auf, aber jetzt geht es nicht mehr anders. Ich muss einfach hin. Ich könnte eine meiner Verkäuferinnen abstellen, aber nicht ganztags. Was ich dich fragen will, ist, ob du jeden Tag kommen kannst. Bloß von Montag bis Donnerstag, denn am Freitag bin ich wieder hier."

„Donnerstag ist schlecht."

„Deine Arbeitsgemeinschaft, ich weiß, aber könntest du nicht mal fehlen? Ich würde dich nicht bitten, aber ich weiß nicht mehr weiter. Eine meiner Verkäuferinnen ist eben mit einer akuten Blinddarmentzündung ins Krankenhaus gekommen. Eine andere liegt mit Grippe im Bett. Und jetzt auch noch diese Reise. Ich weiß nicht, wo mir der Kopf steht."

Andrea räusperte sich. „Und was ist mit Robby?"

Renate zuckte mit den Schultern. „Das ist eine Damenboutique."

„Okay, ich mach's", entschied Andrea schmunzelnd. „Ich sag in der Schule Bescheid. Und wie regeln wir das mit dem Schlüssel?"

„Das ist kein Problem. Anita, das ist die Frau, die morgens einspringt, wartet, bis du kommst. Und am Abend holt sie den Schlüssel wieder bei dir ab. Ach, Andrea, du bist wirklich ein

Schatz. Ich hatte schon Angst, ich hätte Marlene enttäuschen müssen."

„Nein, nein. Spätestens um zwei bin ich hier."

Renate blies sich eine Haarsträhne aus dem Gesicht und schaute auf die Uhr. „Zeit, zu gehen. Hat Robby sich nicht gemeldet?"

„Nein. Ich hab ihn heute nicht gesehen."

„Aber in der Schule war er doch, oder?", erkundigte sich Renate alarmiert.

„Da war er. Ich meinte, hier hab ich ihn nicht gesehen."

„Na ja, der Abend ist noch lang." Renate reichte Andrea die Hand und drückte sie fest. „Ich danke dir, Andrea. Wir sehen uns dann erst am Freitag wieder. Und wenn du Probleme hast, ruf bei Anita an. Die Nummer pinne ich dir nachher noch an die Wand. Oder frag Robby."

„Ich komme schon zurecht, Frau Stommers", versicherte Andrea schnell. „Machen Sie sich keine Sorgen."

Renate seufzte. „Die mach ich mir immer. Nicht, dass du mich falsch verstehst, ich habe wirklich großes Vertrauen zu dir, nur ... Manchmal müsste man vier Hände haben und am besten auch gleich mehrere Köpfe. Es wird Zeit, dass Frau Dauvermann wieder gesund wird."

In Gedanken versunken, schlenderte Andrea nach Hause, aber an der Ecke hielt sie inne. Ob sie nicht schnell mal zur Agentur laufen sollte? Weit war es nicht. Unschlüssig machte sie ein paar Schritte in die entsprechende Richtung, aber dann drehte sie sich doch wieder um. Sie konnte doch nicht einfach in diese Agentur marschieren und nach Robby fragen. Womöglich störte sie dort nur. Sie würde jetzt brav nach Hause gehen, etwas essen, ihre Aufgaben machen und sich einfach auf Sonntag freuen. Im Kopf rechnete sie aus, wie lange sie noch warten musste, bis sie Robby wiedersehen würde.

# 12. Kapitel

„An deiner Stelle würde ich mir Farbe ins Gesicht schmieren lassen. Du siehst grauenhaft aus, Robby.“ Besorgt musterte Paul den Freund, der in der Tat aschgrau war.

„Ich weiß, aber ich kann es nun mal nicht ändern.“ Robert nahm seinen Gang durchs Wohnzimmer wieder auf, bis Paul ihm den Weg verstellte. „Kilometergeld kriegst du keins, also setz dich endlich. Soll ich uns was zu essen besorgen?“

„Ich bin nicht hungrig“, widersprach Robert.

„Dann muss ich mal nachschauen, ob sich hier irgendwo ein Wolf versteckt. Hier knurrt nämlich was“, versuchte Paul, Robert aufzuheitern.

„Ich kann aber nichts essen.“ Nervös sah Robert wieder auf seine Swatch. „Die verdammte Zeit“, brummte er. „Ich wäre so gern noch ins Krankenhaus gefahren.“

„Morgen ist auch noch ein Tag. Du hast doch eben mit deiner Mutter telefoniert.“

„Pah, als ob das ein Ersatz wäre. Nichts hat aber auch geklappt“, schimpfte er weiter. „So was ist mir noch nie passiert. Ich hab die ganze Crew aufgehalten“, klagte er sich weiter an. „Ich kann von Glück sagen, dass Ruth so eine geduldige Frau ist. Jemand anderes hätte mich glatt gefeuert. Und Schuld daran ist diese ... dieses ..."

„Verdammt und zugenäht!" Paul hieb so fest auf den Tisch, dass Robert erschrocken aufschaute. „Du weißt genau, wie gern ich dich mag, Robert Dauvermann, aber diesmal übertreibst du echt. Du schnappst ein paar Wortfetzen auf, und schon spinnst du dir einen ganzen Roman zusammen."

Roberts Augen begannen, gefährlich zu funkeln. „Ich spinne nicht", schleuderte er Paul entgegen. „Groß, blond, blöd! Hab ich das etwa auch nur geträumt?"

„Nein", presste Paul widerwillig zwischen den Zähnen hervor. „Aber du sollst dich nicht so über dieses dämliche Gerede aufregen. Gut, dann wissen unsere tollen Mitschüler jetzt halt, womit du deine Kohle verdienst, aber nach wie vor wage ich zu bezweifeln, dass Andrea dich verraten hat. Sie ... sie ist nicht der Typ dazu."

„Nicht der Typ dazu?", echote Robert zynisch. „Und wie sehen solche Girls aus? Haben sie ein Schild auf der Stirn kleben?"

„Werd nicht ironisch, Alter. Ich finde nur, man sollte keinen in Grund und Boden verdammen, bevor man ihm nicht die Gelegenheit gegeben hat, sich zu rechtfertigen."

„Auf diese Gelegenheit kann sie warten, bis sie schwarz wird. Meinetwegen soll sie morgen vor Salvatore Wurzeln schlagen. Ich gehe jedenfalls nicht hin. Ich muss mich morgen um meine Mutter kümmern. Immerhin habe ich sie seit einer Woche nicht gesehen, und dass ich heute nicht hinkonnte, sondern stundenlang im Studio gestanden und gelächelt habe, obwohl ich lieber einer den Hals umgedreht hätte, habe ich auch nur dieser ... dieser Klatschtante zu verdanken. Für mich ist sie tot und gestorben. Was sag ich da? Sie ist sogar schon begraben. Nicht mehr existent."

Immer mehr redete sich Robert in Rage, aber da Paul an derartige Gefühlsausbrüche gewöhnt war, berührten sie ihn nicht so sehr. Viel mehr machte ihm Roberts Zustand Sorge. Nicht nur, dass Robby so gut wie nichts mehr aß, er schlief wahrscheinlich auch zu wenig, oder zumindest schlecht und arbeitete zu viel. Lange hielt er jedenfalls nicht mehr durch, und jetzt auch noch die Sache mit Renates Reise. Dass ausgerechnet Andrea die Nachmittagsschicht übernehmen würde, hatte ihn am meisten getroffen. Hin- und hergerissen, hatte er Renate sogar vorgeschlagen, das Geschäft zu schließen, und das war ein Grund mehr, sich zu sorgen, denn vor ein, zwei Tagen hatte sich Robert mit Händen und Füßen dagegen gewehrt, den Traum seiner Mutter zu zerstören. Paul ging zur Tür und ließ Robert weitertoben. Als er eine knappe halbe Stunde später mit zwei Riesenportionen Currywurst und Pommes zurückkam, lag Robert lang ausgestreckt auf der Couch.

„Ich schlafe nicht", knurrte er, als Paul auf Zehenspitzen näher schlich. „Ich muss nachdenken."

„Vor allem musst du erst einmal was essen", konterte Paul, „und wenn du das nicht freiwillig machst, füttere ich dich eigenhändig. Du darfst wählen."

Robert schwang die Beine zu Boden und schaute den Freund eindringlich an. „Manchmal denke ich, du bist der einzige ehrliche Mensch in diesem beschissenen Leben. Warum sind die meisten Leute nur so ... so hinterhältig und gemein?"

„Frag den lieben Gott, der soll sie angeblich erschaffen haben, und jetzt nimm Messer und Gabel und lass deinen Frust an der Currywurst aus."

„Wie gefällt er dir? Ich bin eben extra noch mal rasch ins Geschäft gelaufen und hab ihn mir gekauft." Stolz präsentierte Andrea ihren neuen Pulli. Es war genau der, den Robert so lange angeschaut hatte. Dazu hatte sie sich noch einen neuen Rock geleistet, der ihm auch sehr gut gefallen hatte.

„Hast du dein ganzes Geld in Klamotten umgesetzt?“, erkundigte sich Stefanie amüsiert.

„Unsinn, nein. Außerdem kriege ich Rabatt. Das ist so üblich, weißt du? Und nächste Woche gibt es neue Kohle.“

„Du wirst noch reich.“

„Darauf würde ich gern verzichten. Die Arbeit macht zwar Spaß, aber dennoch ... Sobald Robbys Mutter wieder okay ist, höre ich auf. Ich komme auch gut mit meinem Taschengeld über die Runden.“

„Könnte ich das auch mal behaupten“, seufzte Stefanie und begutachtete die Freundin kritisch. „Dreh dich mal um. Ja. Und jetzt geh mal ein paar Schritte. Wow! Pass ja auf den Schlitz auf“, warnte sie lachend. „Der ist hochgradig gefährlich.“

„Für wen?“, zwinkerte Andrea ihr zu.

„Und so gehst du morgen mit ihm essen?“

„Klar doch! Ach, Stef. Jetzt sind es bloß noch ... sechzehn Stunden. Ich kann es kaum noch erwarten.“

Fünf Minuten vor der vereinbarten Zeit kam Andrea vor dem Restaurant an. Es machte ihr nichts aus, dass sie zu früh war, denn sie hatte sich fest entschlossen, Robert heute die Wahrheit zu sagen. Und deshalb konnte er auch ruhig wissen, dass sie sich maßlos über das Date gefreut hatte. Als es eins wurde, schaute sie voller Vorfreude die Straße entlang, auf der um diese Zeit reger Betrieb war. Es wurde zehn nach, Viertel nach und zwanzig nach eins, aber kein Robert kam. Andrea spürte, wie ihre Nerven zu vibrieren begannen. Da ist was passiert, hämmerte es in ihrem Kopf. Ganz sicher sogar, denn Robert hätte sie bestimmt nicht warten lassen. Plötzlich schob sich ein dunkler Haarschopf in ihr Blickfeld, den sie nur zu gut kannte. Statt Robby kam Paul die Straße hoch, und nicht etwa gemächlich, sondern im Eiltempo, und jetzt wuchs Andreas Angst nur noch mehr. Unwillkürlich lief sie Paul entgegen. Erst als sie nur noch einen Meter voneinander entfernt waren, sah Paul auf und erkannte sie. Ein verlegenes Lächeln breitete sich auf seinem Gesicht aus, während er gleichzeitig sein Tempo drosselte.

„Was ist mit Robby?“, platzte Andrea besorgt heraus.

Paul räusperte sich. „Er ... er ist ins Krankenhaus gefahren“ , murmelte er vage.

„Mein Gott! Ist was mit seiner Mutter? Oder ...“

„Nein, nein. Es ... es ist alles okay. Tut mir Leid, wenn du hast warten müssen, aber ich konnte nicht früher kommen.“ Was er ihr verschwieg, war, dass er bis zur letzten Sekunde auf Robert eingeredet hatte, aber dann hatte sich der Freund doch auf seine Vespa geschwungen und war in Richtung Krankenhaus entfleucht. „Robby hat gestern ziemlich lange arbeiten müssen. Du weißt ja, was er macht. Und ... dann die Probleme mit dem Geschäft.“

„Aber die sind doch gelöst. Ich arbeite kommende Woche jeden Tag dort. Frau Stommers kommt am Freitag zurück, und dann ...“

„Ist ja gut. Darf ... darf ich dich zum Essen einladen?“

„Nein, Paul. Sei nicht böse, aber ich möchte nicht.“

Paul musterte sie mitleidig. Er bemerkte, wie toll Andrea aussah, noch viel besser als sonst. Das zeigte doch, wie sehr sie sich auf das Treffen mit Robert gefreut hatte. Und der ...“

„Wenn du Robby siehst, sag ihm, dass ich verstehen kann, dass er ins Krankenhaus gefahren ist“, fügte sie leiser hinzu. „Ciao, und danke.“

„Wofür?“, nuschelte Paul.

„Dafür, dass du mir Bescheid gesagt hast. Bis Montag dann.“

„Ja“, stöhnte Paul und ballte die Hände zu Fäusten.

Den Nachmittag verbrachte Andrea allein zu Hause. Ihre Eltern waren zu Freunden gefahren, und Stefanie war mit Anne, Sunny und Bastian unterwegs. Mehrmals rief sie bei Robby zu Hause an, aber da sich nur der Anrufbeantworter einschaltete, legte sie jedes Mal wieder auf. Irgendwie kam es ihr komisch vor, dass Robby sie versetzt hatte. So etwas passte nicht zu ihm. Erst neulich hatte er ihr erzählt, dass er, bedingt durch seinen Job, die personifizierte Pünktlichkeit geworden war. Er hatte sich sogar darüber lustig gemacht. Und heute ... Ob nicht doch etwas mit seiner Mutter war? Paul war ihr auch ziemlich aufgeregt vorgekommen. In einem plötzlichen Impuls sprang Andrea auf und verließ die Wohnung. Minuten später stand sie schon an der Bushaltestelle. Bis zum Krankenhaus war es ziemlich weit, sodass sie nicht zu Fuß gehen konnte. Ungeduldig von einem Bein aufs andere tretend, wartete sie auf den Bus, der sie knappe fünfzehn Minuten später vor der Klinik absetzte. Schon von weitem sah sie Roberts Vespa, die mit ein paar anderen Mofas und Rollern am Rand des großen Parkplatzes stand. Unwillkürlich beschleunigte sich ihr Herzschlag noch ein wenig mehr. Robby war also noch hier, und deshalb würde sie sich jetzt auf eine der Bänke setzen und auf ihn warten. Andreas Geduld wurde auf eine sehr harte Probe gestellt.

„Wir schaffen es bestimmt, Mutsch“, versicherte Robert.

Marlene Dauvermann schaute ihn liebevoll an. „Vielleicht würden wir es ja schaffen, Sohn, aber ich werde verkaufen. Ich habe schon mit Renate gesprochen und sie gebeten, mir beim Verkauf zu helfen. Halt mich jetzt nicht für fahruntüchtig, aber es ist besser so. Du bist noch so jung, und ich kann und will nicht zulassen, dass du dich ständig für mich quälst.“

„Ich quäle mich doch gar nicht“, widersprach Robert ihr heftig, aber Marlene legte eine Hand auf seinen Mund.

„Lass mich ausreden, Sohn. Ich brauche nicht bei Adam und Eva anzufangen, um dir zu erklären, weshalb ich mich zum Verkauf entschlossen habe. Was ich dir zu sagen habe, geht relativ schnell. Du weißt genau wie ich, dass ich nach der Scheidung etwas unternehmen musste. Vielleicht war ich inspiriert durch Renates Geschäftstüchtigkeit, vielleicht wollte ich auch nur beweisen, dass ich auch selbstständig sein kann. Jedenfalls habe ich mich gründlich geirrt, und dir habe ich entschieden zu viel Verantwortung aufgehalst. Ich kann mein dummes Verhalten und meine Starrköpfigkeit nur damit entschuldigen, dass ich ziemlich verletzt war. Meinetwegen hast du damals die Schule gewechselt, und meinetwegen hast du dich richtig abgekapselt. Was du in den zwei Jahren gearbeitet hast, war entschieden zu viel. Ich hab auch zu viel gearbeitet", sagte sie lauter, als Robert sie unterbrechen wollte. „Aber damit ist Schluss. Du bist jetzt erwachsen, und du musst dich vor allem um die Schule kümmern. Und ich würde es gern sehen, wenn du mal ausgehen würdest wie all die anderen Jungs in deinem Alter, statt ständig in Ruths Studio zu hocken und für Geld in eine Kamera zu schauen."

Robert seufzte. „Hast du etwa mit Ruth geredet?"

„Ja, das habe ich, und sie hat mir ein tolles Angebot gemacht, das ich in jedem Fall annehmen werde. Du weißt davon, nicht wahr?"

Robert nickte stumm. Seine Mutter griff nach seinem Kinn und zwang ihn, ihr ins Gesicht zu sehen. „Robby, ich würde gern mit Ruth zusammenarbeiten. Und wenn du ab und zu noch einen Auftrag annehmen willst, ist das auch völlig okay. Irgendwie freue ich mich sogar darauf. Weißt du, in der Boutique war ich immer so beschäftigt, dass ich für nichts anderes Zeit hatte. Ich denke, so ganz gehöre ich noch nicht zum alten Eisen, und deshalb ... Glaube mir, für uns alle ist es so besser."

„Die Boutique war dein Traum", stieß Robert hervor, aber seine Mutter lachte nur.

„Ich hatte schon viele Träume. Na und? Es gibt auch noch andere. Und warum sollte man unbedingt an etwas, das sich ganz anders als erwartet entwickelt, festhalten? Ich bin neugierig auf den neuen Job, und Ruth ist froh, wenn sie mich hat."

„Dann ... dann ist es also schon beschlossene Sache?"

„Ich möchte, dass du auch einverstanden bist, Sohn. In den letzten Jahren haben wir alles gemeinsam entschieden."

Robert schluckte. „Und wenn ich es nicht bin?"

„Würdest du lügen. Du, Ruth, Renate, ihr alle habt euch so große Mühe gegeben. Als ich gestern mit Renate telefoniert habe, tat sie mir richtig Leid. Sie klang richtig aufgeregt. So kenne ich sie gar nicht. Später hat sie mir gestanden, wie sehr sie sich bemüht hat, jemanden zu finden, der nach meiner Boutique schaut. Ich finde es lieb von dieser Andrea, dass sie einspringt, aber das wird nicht mehr nötig sein. Sagst du ihr Bescheid?"

„Mal sehen", knurrte Robert.

„Sag's ihr bitte. Ich möchte nicht, dass sie am Montag vor der Tür steht und sich wundert. Sie scheint ein so nettes Mädchen zu sein. Renate ist von ihr begeistert. Ich glaube, sie würde sie selbst ganz gern engagieren."

„Meinetwegen. Und jetzt erzähl mir endlich, wie es dir geht."

„Sieht man das denn nicht?"

Widerwillig musste Robert lächeln. Das lange blonde Haar war frisch gewaschen, und auch sonst wirkte seine Mutter irgendwie ausgeglichen. „Du ... du siehst echt gut aus, Mutsch."

„Danke. Vielleicht liegt es daran, dass ich mich entschlossen habe, noch einmal ganz von vorn anzufangen." Liebevoll glitten ihre Augen, die seinen so sehr ähnelten, über sein schmales Gesicht. „Ich wünschte, ich könnte dir auch sagen, dass du gut aussiehst."

„Mir geht es aber gut“, brummelte Robert und lenkte schnell ab. „Weißt du schon, wann du entlassen wirst?“

„Nein, das erfahre ich erst am Montag, aber ich bin sehr zuversichtlich. Lange kann es nicht mehr dauern.“

Am liebsten wäre Robert noch viel länger geblieben, aber wieder einmal beendete eine der Krankenschwestern den Besuch. Als Robert aus dem breiten Portal trat, atmete er ganz tief durch. Die Luft roch nach Sonne, nach Blumen und Sommer. Unwillkürlich musste er wieder an früher denken. Wie gern wäre er wieder einmal ans Meer gefahren. Als sein Blick zum Parkplatz wanderte, war das Meer auf einmal vergessen. Unbehaglich hob er die Schultern und schaute genauer hin, hin zu Andrea, die ihm fragend entgegenschaute. Augenblicklich verfinsterte sich seine Miene, dabei hatte Andrea sich eben noch darüber gefreut, wie locker und entspannt er plötzlich gewirkt hatte. Jetzt erschrak sie, als sie sein Blick traf. Seine blauen Augen wirkten viel dunkler als sonst, und irgendwie böse. Plötzlich schaute Robert weg und ging mit großen Schritten auf seine Vespa zu. Andrea sprang auf und eilte ihm nach. Gerade als er den Helm aufzog, hatte sie ihn erreicht. Zaghaft tippte sie auf seinen Arm.

„Robby, ist ... ist alles okay?“

Kalt musterte er sie. „Natürlich. Was soll denn nicht in Ordnung sein?“ Ärgerlich wischte er ihre Hand beiseite, schwang sich auf die Vespa und brauste davon. Zurück blieb eine fassungslose Andrea, die nicht glauben konnte, was sie eben gehört und gesehen hatte.

„Warte bis nachher“, bat Stefanie am Montag. In letzter Sekunde konnte sie Andrea daran hindern, einfach zu Robert zu rennen und ihn zur Rede zu stellen.

„Ich will aber nicht mehr warten“, setzte sich Andrea zur

Wehr. „Ich ... ich bin doch kein Schuhabstreifer. Und außerdem will ich endlich wissen, weshalb er mich so behandelt."

„Das würde ich allerdings auch gern wissen", stimmte Stefanie ihr zu. „Nur ist das hier der falsche Ort für eine Aussprache. Verdammt, Andy, jeder weiß, dass sich die zwei immer von allen absondern, und jetzt willst du den Aufstand proben. Ich kann mir nicht vorstellen, dass es Robby recht wäre, wenn du ihn hier vor all den Irren ..."

„Er ist doch selbst irre", brauste Andrea ungestüm auf. „Der Mensch weiß doch nicht, was er will. Mal ist er freundlich, und mal behandelt er mich wie Abschaum. Vielleicht ist ihm sein Job doch zu Kopf gestiegen."

„Nur weil du enttäuscht bist, brauchst du noch lange nicht ungerecht zu werden. Und außerdem schrei bitte nicht so laut. Du weißt, dass hier sogar die Luft Ohren hat. Ich dachte, er hätte dich gebeten, über seinen Job zu schweigen."

„Hat er ja auch", brummelte Andrea missmutig und setzte sich wieder hin. „Aber wenn er nachher nicht in der Boutique auftaucht, dann suche ich ihn."

„Gut. Das kannst du natürlich machen."

Aber dazu kam es nicht, denn als Andrea nach der Schule zur Boutique kam, hing dort ein kleines Schild in der Eingangstür. Irritiert beugte sich Andrea weiter vor, obwohl das Schild groß genug war.

WEGEN KRANKHEIT VORÜBERGEHEND
GESCHLOSSEN

Und jetzt verstand Andrea nichts mehr. Wie lange sie so vor der Tür gestanden hatte, konnte sie später nicht mehr sagen, aber plötzlich fühlte sie eine Hand, die sich schwer auf ihre Schulter legte.

„Können wir reden?“, fragte eine Stimme, die sie unter Millionen wiedererkannt hätte. Wie in Zeitlupe drehte sich Andrea zur Seite und schaute auf, direkt in Robbys Gesicht.

„Warum ist geschlossen?“, hauchte Andrea.

„Die Boutique wird verkauft, und deshalb ... Bitte, Andrea. Ich muss mit dir sprechen.“

„Auf einmal?“, murmelte sie verwirrt. Prompt verstärkte sich der Druck auf ihrer Schulter noch etwas.

„Ich ... ich muss mich bei dir entschuldigen“, begann Robert leise. „Ich hab mich gestern abscheulich benommen, aber da wusste ich ja auch noch nicht ... Ich meine ... Paul sagte mir eben, dass du nichts damit zu tun hast, sondern eine ... verdammt, jetzt hab ich den Namen wieder vergessen.“ Entnervt fuhr er sich mit beiden Händen durchs Haar und schaute Andrea flehend dabei an.

„Vielleicht bin ich schwer von Begriff, aber ich verstehe kein einziges Wort.“

„Ja, das glaube ich dir gern“, stöhnte Robert. „Komm mit. Gegenüber ist ein Café. Ich ... ich muss was trinken.“

Andrea straffte die Schultern. Obwohl sie panische Angst vor dem hatte, was er sagen wollte, ging sie mit.

„Ich ... ich hab dich damals eingeladen, weil ich deine Hilfe brauchte“, eröffnete er ihr, nachdem er sein erstes Glas Cola in einem Zug geleert hatte. „Ich hatte meiner Mutter versprochen, dass du weiter bei ihr aushelfen würdest. Renate hatte so von dir geschwärmt, und ... ach, das ist jetzt doch völlig egal. Jedenfalls hab ich meiner Mutter erzählt, dass du ihr helfen würdest, und dass du gern für Ruth arbeiten würdest.“

„Ich? Ich kenne diese Frau doch gar nicht.“

„Ich weiß.“ Sekundenlang schloss Robert die Augen, legte die Hände an die Schläfen und konzentrierte sich. Als er wieder zu reden begann, war seine Stimme etwas klarer, und so begriff Andrea allmählich die Zusammenhänge. Und sie verstand noch mehr, nämlich dass das der Grund gewesen war, weshalb er sie eingeladen hatte, und diese Erkenntnis tat weh. Sie spürte, wie ihr die Tränen in die Augen schossen, und deshalb stützte sie den Kopf in beide Hände, sodass ihr langes Haar ihr Gesicht verbarg.

Unterdessen redete Robert tapfer weiter. „Ja, und als ich dann hörte, dass sie in der Schule wussten, was ich tat, war ich natürlich maßlos enttäuscht. Groß, blond, blöd, haben sie mir nachgerufen. Ich ... ich bin fast ausgerastet. Ich hatte dich doch gebeten zu schweigen, und da dachte ich natürlich, du hättest ... Ich ... ich muss mich entschuldigen, aber ich hab es wirklich geglaubt. Und deshalb war ich so gemein zu dir."

„Ich hab nichts gesagt. Keinem", presste Andrea zwischen den Zähnen hervor.

„Das weiß ich ja jetzt. Paul ist dahintergekommen. Eben. In der Pause. Jetzt fällt mir der Name wieder ein. Kennst du eine Anne?"

„Ja, sie ist bei mir in der Klasse. Warum?"

„Sie hat einen Freund. Sunny heißt er. Ich kenne ihn auch. Sunny und Bastian arbeiten manchmal für Ruth. Und bei dem neuen Projekt machen sie auch mit."

„Ich weiß. Von den beiden wusste ich ja auch, dass du für die Agentur arbeitest."

„Ach so. Tja, und nun ... Das ist alles. Ich kann nur noch mal betonen, wie Leid mir das alles tut."

„Es ... es ist okay", flüsterte Andrea, deren Träume wie Seifenblasen zerplatzt waren, tief betroffen. Sie spürte, dass sie jeden Augenblick in Tränen ausbrechen würde und wollte so schnell wie möglich weg. Als sie aufstand, stieß sie an den Tisch. Roberts Glas kam ebenso ins Schwanken wie ihr eigenes. Hastig griff sie nach ihrem, machte damit aber alles nur noch schlimmer. Sprudelnd ergoss sich der Inhalt der beiden Gläser über das Tischtuch.

Robert stieß einen undefinierbaren Laut aus, als ihm sein Glas aus der Hand rutschte und auf den Schoß fiel.

Andrea schämte sich entsetzlich, zumal sie sämtliche Blicke der Gäste auf sich gerichtet fühlte.

„Halb so schlimm“, versicherte Robert. Betroffen hielt er inne, als er sah, dass Andrea zu weinen begann. „Aber Andrea. Liebes“, platzte er erschrocken hervor. „Das ist doch nicht weiter schlimm.“

Andrea schluchzte nur noch lauter, was Robert dazu veranlasste, sie spontan an sich zu ziehen. Liebevoll streichelten seine klebrigen Hände über ihren Rücken und ihr Haar. Beide merkten nicht einmal, dass die Bedienung an den Tisch kam, sie musterte und sich dann achselzuckend wieder zurückzog. Andrea weinte immer mehr. Seine Umarmung, die Berührung ... Und ständig hämmerte es in ihrem Kopf: Aus, aus und vorbei. Das ist das letzte Mal. Aus, aus und vorbei. Das ist das letzte Mal.

Völlig hilflos schaute Robert auf das weinende Bündel Mensch in seinen Armen. Er flüsterte ihr beruhigende Worte zu, die sie beide nicht so ganz verstanden, die aber dennoch ihre Wirkung hatten. Endlich verebbte der Tränenstrom ein wenig.

„Mein Gott, Andrea. Ich weiß nicht, was ich sagen soll“, stammelte er total verwirrt. „Ich frage mich, weshalb du so weinst. Doch hoffentlich nicht, weil ich so gemein zu dir war. Ich ... ich bin ... Jetzt fehlt bloß noch, dass uns dein Freund erwischt, dann ... dann ...“ Irritiert spürte er, wie sich Andrea versteifte. Als sie ihm ihr Gesicht zuwandte, war es verquollen vom Weinen, und ihre Nase leuchtete rot wie die eines Clowns, und doch war sie ihm nie liebenswerter erschienen als in dieser Sekunde.

„Ich hab gar keinen Freund, du Idiot“, schleuderte sie ihm entgegen. „Den hab ich bloß erfunden, weil ... weil ...“ Prompt begann sie, wieder zu weinen, aber dafür ging auf seinem Gesicht die Sonne auf. Rasch winkte er die Kellnerin herbei, drückte ihr einen Zehner in die Hand und sprang dann auf. Andrea an der Hand, stürmte er aus dem Café. Beide hörten nicht die teils spöttischen, teils lustigen Kommentare der Gäste.

„Du hast gar keinen Freund?“, vergewisserte sich Robert noch einmal, als sie draußen angekommen waren.

„Nein. Ich ... Ach, es ist ja auch egal.“ Andrea wollte sich von ihm losreißen, aber er hielt sie eisern fest.

„Oh nein, Andrea Wenzel. Du kommst nicht weg, weil ich dich nämlich nicht weglasse. Kapiert?“

Wieder schaute sie ihn an, aber diesmal ersparte er sich weitere Worte. Zärtlich umfasste er ihren Kopf mit beiden Händen. Liebevoll streichelten seine Daumen ihre Mundwinkel, die immer noch zuckten. Als seine Lippen sich auf ihre legten, war Andrea wie erstarrt. Mit weit aufgerissenen Augen erwiderte sie diesen völlig unerwarteten Kuss, der so süß schmeckte.

„So. Und jetzt klären wir auch noch den Rest. Und zwar ganz genau.“ Robert angelte nach seinem Schlüsselbund, schob Andrea in die schmale Gasse, die zum Hintereingang der Boutique führte, und schloss auf. Als Andreas Blick in den kleinen Spiegel fiel, erschrak sie zutiefst. Sie sah furchtbar aus, einfach unbeschreiblich. Robert bugsierte sie ins Büro, setzte sich auf den Schreibtischstuhl und zog Andrea auf seinen Schoß.

„Ich ... ich möchte mich ...“, begann sie zaghaft, aber er lachte sie nur aus.

„Du bleibst jetzt hier, mein Schatz. Ich will wissen, weshalb du mich beschwindelt hast.“

Andrea holte so tief Luft, dass Robert zu lachen begann. „Ich hab mich in dich verliebt“, flüsterte sie und vermied es tunlichst, ihn dabei anzusehen. „Und weil dir alle nachlaufen, und ich das abscheulich finde, habe ich ... ich wusste nicht, wie ich dich jemals kennen lernen sollte. Und dann stand das Schild im Fenster.“

„Ein Glück, dass mein Gehirn wieder halbwegs funktioniert. Stottere ruhig weiter. Ich verstehe dich schon.“

„Es ergab sich halt so. Und ich hab ja auch gern hier gejobbt. Aber ... Herrje. Das muss reichen.“

„Es reicht auch. Ich bin froh, dass es keinen Freund gibt. Glaubst du, das mit uns könnte etwas werden?“

Andrea blinzelte mehrmals, aber auch das schien er richtig zu verstehen.

„Ich liebe dich, Andrea. Und wenn du mich trotz allem noch willst ...“ Weiter kam er nicht. Plötzlich legten sich zwei Arme um seinen Nacken und samtweiche Lippen auf seinen Mund.

## So viel Liebe!

Ein Junge als Au-pair! Simone kann es einfach nicht fassen, dass so etwas ausgerechnet ihr passieren muss. Zu allem Übel entpuppt sich Phil auch noch als ein Mr Perfect, von dem alle ganz hingerissen sind. Doch für Simone ist klar: Diesen Typen kann sie nicht ausstehen. Auch wenn sein Lächeln noch so süß ist …

# Weitere Titel dieser Reihe:

| | |
|---|---|
| **Jeanette Baker:** | *Liebe nicht zu bremsen* |
| **Isabell Bandini:** | *Küsse hinter den Kulissen*<br>*Nachhilfe in Sachen Liebe*<br>*Tierisch verknallt* |
| **Jennifer Blank:** | *Chaos hoch zwei*<br>*Ein unmöglicher Auftrag*<br>*1:0 für die Liebe* |
| **Dany Brehm:** | *Große Liebe – streng verboten* |
| **Christine Chanel:** | *Ein Fall für die Liebe*<br>*Ich kämpf um dich*<br>*Liebe lässt sich nicht erkaufen*<br>*Verliebt – und nicht zu bremsen*<br>*Was sich liebt …* |
| **Ann Kennedy:** | *Das Liebesorakel*<br>*Flirten verboten*<br>*Für dich tu ich alles*<br>*Liebe auf Draht*<br>*Liebe ist tabu*<br>*Liebesgrüße aus Paris*<br>*Startschuss für die Liebe* |
| **Pia Long:** | *Bei Anruf Liebe*<br>*Tür an Tür mit dir*<br>*Vorsicht, Traumboy!*<br>*Nur ein Urlaubsflirt?* |
| **Kira Palmer:** | *Einmal Liebe und zurück* |
| **Jacky Rome:** | *Du gehörst zu mir* |
| **Julia Waits:** | *Total verliebt in dich* |
| **Georgia Wing:** | *Alles nur Theater*<br>*Hilfe, ich bin verliebt!* |
| **Sarah Zinnober:** | *Bleib bei mir!* |

## So viel Liebe!

## Zwei Romane in einem Band

www.loewe-verlag.de

Loewe